사과꽃 향기는 바람에 날리고

작가마을

연분홍 흩어지다

카페는 온통 연분홍이다. 실내 향기도 연분홍이다. 마담의 의상도 살결도 연분홍이다. 잔잔한 음악과 함께 흐르는 달콤한 시간도 연분홍이다. 마담이 창을 열자 바람이 확 밀려왔고, 가득했던 연분홍은 흩어져 순식간에 사라져버렸다.

어느 날 아침에 꾼 꿈이다. 헛되고 헛되니 모든 것이 헛되도다. '전도서'에 나오는 솔로몬의 말이다. 사랑이란 어느 날 아침에 잠깐 꾼 연분홍 꿈 같은 것이 아닐까? 그래서 나는 사랑 앞에 수식어 붙이는 것을 꺼린다. '사랑'이면 그냥 '사랑'으로 족하다. 거룩하다, 이기적이다 따위의 수식어들은 다 쓸데없는 장식에 불과하다. 소설이란 장르는 시에 비해 사랑에 대해 다양한 수식어를 붙이지 않는다. 그냥 사랑의 실체를 이야기할 뿐이다.

〈만주리행〉—인간의 쓸쓸함에 대한 유일한 답은 '사랑이다'는 것을 멀고 먼 낯선 만주리행 여행을 통해 제시한다.

〈사과꽃 향기는 바람에 날리고〉—논두렁 블루스류의 산골 이야기다. 다방에 앉아 산골 생활에서 무료함을 달래던 중년의 사내들에게 미모의 여성이 나타난다. 그녀는 그들의 마음을 한껏 부풀게 한 다음 거액을 챙겨 사라진다. 그래도 사과꽃은 피고 지고 산골의 삶은 건강하다.

〈바람을 위한 서시〉—내가 알고 있는 시 가운데 가장 난해한 김춘수의 〈꽃을 위한 서시〉는 시인이 탐구했던 현상학을 바탕으로 하고 있다. 핵심 주제인 '사랑'에 대해 매우 어려운 수식어를 구사한다. 여태 그 시를 제대로 해석하거나 감상한 것을 보지 못했다. 해서, 그 수식어를 소설로 풀어보았다.

〈돼지 사냥꾼〉—살아 있는 생물체의 생존 본능은 번식이고 번식은 성性의 발현이다. 본능적 사랑의 흔적은 사냥에서 잘 나타난다. 산돼지 사냥의 핵심은 '발'을 보는 것이고 사냥개는 사냥감의 '발' 냄새를 잘 맡는다. 사냥과 사랑의 공통점은 '발 보기'에 성패가 달려 있다는 것이다.

〈처용가〉—동해 역신으로 이해되는 처용은 성에 대한 금기와 낭만적 파계의 상징이다. 여고 시절 이루지 못한 스승에 대한 사랑을 결혼 뒤 남편의 도움으로 성취한다. 여기서 남편은 현대판 처용의 모습이며, 그의 언행은 처용가의 재현이다.

2022년 늦가을

박명호

차례

만주리행行

만주리행行

기차를 타는 순간 거의 아수라 지옥 속으로 뛰어든 느낌이었다. 세 명씩 몸을 비비고 앉는 것은 그렇다 해도 70년대 우리 명절 때의 완행열차처럼 통로까지 꽉 찬 사람들과 좋지 않는 냄새, 무엇보다 견딜 수 없는 건 정신을 못 차릴 정도의 왁자지껄 떠드는 소리였다. 어차피 알아들을 수 없는 말소리지만, 그래서 무신경하려고 눈을 감고 돌부처처럼 버텨보려 했다. 세상에서 가장 견딜 수 없는 소음이 알아들을 수 없는 말을 계속 듣고 있는 것이란 것도 처음 깨달았다. 여기저기 스마트폰으로 드라마나 각종 연예 프로를 보는데, 하나같이 이어폰을 사용하지 않았다. 처음엔 안내 방송이 없는 줄 알았다. 알고 보니 안내 방송이 없는 게 아니라 실내가 너무 시끄러워 들리지 않았던 것이다.

나는 이 상황을 15시간이나 견뎌야 했다.

계획 없이 무작정 내몽골 행을 감행한 나의 무모함이여, 나는 나를 위로했다. 인천에서 배로 압록강 하구인 단동에 도착해서 그저 막연하게 내몽골 쪽으로 방향을 정한 것은 그쪽이 내가 지금껏 살았던 세계와는 가장 낯선 곳이었기 때문이다. 누군가가 내몽골 '하이나얼'이 가볼 만한 곳이고, 장춘에서 거기 가는 기차가 있다고 한 정보만 가지고 뛰어든 것이다.

"워푸 메이요우."

매표소 여직원이 손으로 가위 표시를 하며 침대칸이 없다고 할 때 어느 정도 고생은 각오를 했지만, 이 정도일 줄은 생각을 못했다. 사실은 한두 마디밖에 하지 못하는 중국어 때문에 기차를 탈 때도 어려움이 있었다. 중국의 큰 역에는 출구가 엄청나게 많다. 그런데도 출구 표시가 정확하지 않았다. A와 B로 되어 있어 표를 보니 'B005'가 적혀 있었다. B쪽 출구에서 아무리 찾아도 '하이나얼'이 나오지 않았다. 40분 여유의 시간이 10분으로 좁혀지자 나는 급해졌다. 하는 수 없이 50미터나 떨어진 입구까지 뛰어가 역무원에게 표를 보이고서야 A6이라는 것을 알았고, 또한 그 기차의 종착역이 '하이나얼'이 아니라 '만주리'라는 것을 알았다. 안내판에는 출발역과 종착역 표시만 있다는 사실을 까먹은 것이다.

일단 눈을 감고 부처처럼 상체를 꼿꼿이 한 다음 명상 자세로 견뎌보기로 했다. 어쩌면 다른 세계를 살아간다는 것은 버티는 일일지도 모른다는 생각이 들었다. 그래서인지 여행의 초입에서부터 아수라 같은 상황을 만났다. 내가 원하던 것이니 긍정적으로 받아들이기로 했다. 긍정하자고 마음먹으니 속이 좀 편해졌다. 눈을 뜨고 주변을 찬찬히 살펴봤다. 오히려 사람들의 표정에서 재미가 묻어났다.

맞은편 노랑 머리 아들과 함께 가는 중년 사내는 변발에 가까운 머리 모양이서 몽고족인지 만주족인지 궁금했다. 말을 할 수 없으니 그냥 짐작만 하기로 했다. 그 옆은 조금은 젊은 사내인데 차림새가 남루하고 몸도 비썩 말랐다. 그러나 그는 창가에서 준비해 온 먹거리를 계속 먹고 있었다. 내 옆은 머리가 허연 노인이고, 창 쪽의 아가씨는 삐딱하니 창에 기대어 핸드폰 소리를 한껏 높인 채 시종 거기에서 눈길을 떼지 않았다. 옆의 노인과는 아는 사이가 아닌 것 같았다.

그런데 통로 건너편의 한 여자가 내 쪽을 관심 있게 보는 것 같았다. 그쪽의 인적 구성을 봤을 때 가족 단위 여행객 사이에 홀로 비좁게 한 자리를 차지하고 있는 듯했다. 불편해선지 아예 다리 하나는 통로 쪽으로 빼고 엉덩이는 약간 걸친 듯 앉아 있었다. 동병상련, 불편한 것은 나와 비슷한 것 같아 목례를 건넸다. 여자는 매우 반갑게 인사를 했다.

"입뻔?"

일본 사람인가 묻는 것 같았다.

"한꿔."

나는 한국이라고 했다.

"아, 서울? 부산?"

여자는 내 쪽으로 몸을 더 틀어 앉으며 반가운 한국말을 했다.

"부산."

여자는 조선족이었다. 그리고 한국에서 몇 년 있었다고 했다.

통로를 사이에 두고 붐비는 승객들 때문에 중간중간 이야기가 끊어졌다 하며 계속되었다. 어차피 긴 시간을 보내야 하는 우리 입장에서 이야기는 가장 좋은 소일거리였다. 그녀는 바람난 남편을 찾아 한국에 갔으나 그는 이미 남이 되어 있었다. 한국 간다며 빌린 돈을 마련하기 위해 서울에서 몇 년간 식당에서 일을 했다. 기왕 고생하는 것 약간의 생활비까지 마련해 집으로 오니 할머니에게 맡긴 청소년기 딸애는 비뚤어져서 가출을 해버리고, 그래서 지금 치치하얼에 산다는 말을 듣고 찾아가는 중이라고 했다. 우리는 그 사이 음료수와 과일 몇 조각을 나누어 먹었고 약간의 친분이 더 생겼다.

그녀는 새벽 무렵 치치하얼에서 내렸다. 혹시 여행 중 어려움에 처할지도 모른다면서 도움이 필요하면 연락하라고 해서 둘은 서로 전화번호를 교환했다.

말동무였던 그녀가 내리자 다시 혼자의 시간이 다가왔다. 앉아서 자다 마다 기차는 만주리를 향해 달려갔다.

만주리는 러시아 국경 만주의 맨 끝에 있는 곳이 아닌가? 갑자기 만주리에 대한 호기심이 발동했다. 그렇다면 만주리에 가면 내몽골과 만주의 끝도 같이 볼 수 있을 것이다. 새벽이 가까워 오자 종착역까지 가고 싶어졌다. 나는 바로 만주리까지 표를 연장했다. 하지만 만주리에 대해 아는 것은 아무것도 없다. 만주리에 무엇이 유명한지, 만주리가 어느 정도 크기의 도시인지 모른다. 아니, 만주리가 도시가 아니라 시골의 조그마한 마을일지도 모른다. 그런데 나는 만주리로 가는 기차를 타고 있다. 다만 만주리라는 곳은 '만주'라는 이름의 근원이라는 사실만 알고 있다. 그런데 왜 만주리가 통칭 만주라는 동북삼성에 있지 않고 저 흥안령 너머 내몽골에 있는지도 알 수 없다. 어쩌면 만주라는 이름 속에 내몽골도 포함하고 있는지 모른다.

이름만 알고 있는 만주리행 기차는 그곳으로 가고 있었다.

인생이 그렇듯 목적지는 알고 있으나 그 목적지에 무엇이 있는지 아무것도 모른다. 그곳이 어떤 곳인지, 거기에 무엇이 구체적으로 있는지, 거기 가면 어떻게 될지도 모르면서 거기로 가고 있는 기차를 타고 있는 것이다.

결국 나는 만주리에 가지 못했다. 아니, 가지를 않았다. 나는 만주리에 닿기 직전 원래 계획대로 하이나얼에 내렸다. 하이나

얼에는 비가 내리고 있었다. 바람이 불었고 추웠다. 아는 사람 하나 없고 말도 통하지 않는 외롭고 적막한 곳이었다. 아마 만주리도 그와 비슷할 것이다. 정말 이승의 경계 지점에 온 것 같은 분위기였다. 만주리가 종착역이니까 인생의 종착역인 저승이라는 생각이 들었다. 종착역에 도달해버리면 모든 것이 끝나는 셈이니까 거기까지 갈 수는 없었다. 그러나 저승까지 가보지는 못해도 저승의 맛이라 할까 분위기 같은 것은 어렴풋이 느낄 수 있었다는 스스로의 위안이었다.

하이나얼 역사에서 빠져나왔다. 중국의 역은 어디를 가나 건물이 크고 황량하다. 하아나얼 역시 크고 황량하기 그지없다. 내리는 비가 더욱 쓸쓸했다. 우선 추웠다. 여름 여행이라 따뜻한 옷을 가져오지 않았다. 윗도리마저 왼팔 부분이 낡아 찢어져 팔을 걷어야 했다. 모양은 흉스럽지만 어쩔 수 없었다. 옷차림뿐 아니라 기차에서 밤을 보내다 보니 세수를 못했다. 몰골이 영 아닌 것 같았다. 하지만 그쪽 사람들의 차림새가 나와 만만찮아 보여 다소 안심을 했다.

어떻게 해야 하나?

역사 밖을 나서니 그야말로 저쪽 세계로 내던져진 느낌이었다. 아는 사람 하나 없고 말조차 통하지 않는 이 낯선 곳에, 게다가 비까지 내리니 너무 막막했다. 저만큼 공안이 보였다. 그에게 다가가 말을 하려니 관광 안내소를 어떻게 발음해야 할지 생각이 나지 않았다. 수첩을 꺼내 한자로 적어 보여줬다. 공안이 가리키는 손끝을 따라갔다. 역사 옆 건물이었다. 일일투어 현수막이 보였다. 젊은 남녀가 있었다. 350위안이라고 적어서 보여줬다. 고민 없이 바로 돈을 건넸다. 젊은이를 따라가니 승합차가 기다리고 있었다. 승합차는 열두어 명 손님과 가이드 아가씨, 나이 지긋한 기사 그렇게 해서 곧 출발했다. 아마 내몽골 초원 여기저기를 돌아다니며 체험도 하는 여행 코스인 것 같았다.

승합차가 출발한 지 10분도 채 되지 않아서 눈앞에 초록의 바다가 보였다. 나는 눈을 의심했다. 초록의 물빛도 그랬지만 내몽골에 바다 같은 호수가 있다는 것은 듣지 못했다. 그러나 그것은 초록의 호수나 바다가 아니라 초원이었다. 정말 나무 하나 없는 바다 같은 초원이 끝없이 펼쳐져 있었다.

게르가 있는 몽골 민속 마을에 갔다. 승합차에서 내리니 날씨는 초겨울처럼 추웠다. 찢어진 재킷을 감싸 쥐고 급하게 사진을 몇 장 눌렀다. 게르 안으로 들어갔는데 여름이어서인지 난로도 없고 바닥은 흙을 밟고 들어온 자국들만 어지러웠다. 전통차를 시켜 마셨으나 그것마저 따뜻한 느낌이 없다. 이웃 게르로 가니 거기는 아직 준비조차 되어 있지 않았다. 적당히 추위를 피하면서 안식을 취할 만한 곳이 없었다. 하는 수 없이 말타기, 활쏘기 등 민속 체험을 모두 포기하고 승합차로 되돌아왔다.

일찍 돌아오는 내가 의아했는지 가이드가 몇 마디를 건넸으나 알아들을 수 없었다. 가이드가 폰을 사용해서 영어 번역문을 보여준다. 9시 30분에 출발한다는 것이다. 그리고 다음 코스는 옵션으로 러시아인 집 체험에 50위안이며, 참여할 것인가를 묻는 것 같았다. 나는 정확하게 알 수 없어 일단 '노' 하며 양손으로 X 자를 표했다.

다음 장소로 이동하는 동안 빗줄기는 더 굵어졌다.

일행은 모두 러시아인 집으로 들어가고 나와 운전수와 노인 부부만 승합차에 있었다. 그런데 그들이 들어간 조그마한 집 안이 너무 조용해서 무엇을 하는지 의아했다. 러시아 특산품을 파는 곳인가 했는데 무슨 노랫소리가 흘러나오고 이어 말소리가 들렸다. 종교 행사를 하는 것도 같았다. 궁금해서 견딜 수 없었다. 집 안으로 들어가 봤다. 좁은 방에 다과를 차려놓고 러시아 민요와 민속 이야기를 들려주고 있었다. 그리고 러시아 전통 옷을 입고 사진들을 찍었다. 참 어설픈 러시아 생활 체험이었다. 그것 또한 낯선 풍경이니 내가 바라던 바이기는 했다.

몇 곳을 더 돌아다녔지만, 예상하지 못한 추위 때문에 나는 이방의 여유를 누리지 못했다. 투어는 오후 늦게 출발 지점인 하이나얼 역사 앞에서 끝났다. 우선 호텔에 들어가 따뜻한 물에 목욕부터 하고 싶었다.

역 앞에는 빙관이 여럿 있었다. 가장 가까운 곳을 찾아 여장을 풀었다. 종일 추위에 시달리다 보니 좀 살 것 같았다. 부근 식당에서 저녁까지 챙겨 먹고는 빙관에 와서 누웠다. 푹 자고 내일은 다시 만주의 끝 만주리까지 가볼 심산이었다. 배도 부르고 등도 따뜻하니 금방 잠이 올 줄 알았다. 가만히 누워 잠을 청했으나 낡은 천장만 또렷하게 눈에 들어왔다. 아무것도 할 일이 없었다. 티비를 켰으나 말을 모르니 몇 군데 채널을 돌리다가 도로 껐다. 뭘 하고 이 밤을 보내지? 쓸쓸함이 조금씩 밀려왔다.

밤차가 있으면 곧장 만주리로 가고 싶었다. 마치 좋은 생각이라도 난 것처럼 기차간에서 만난 조선족 여자가 떠올랐다.

— 어려운 일 있으면 전화하세요.

곧 특유의 조선족 여자 목소리가 들렸다.

"여보시오."

"기차에서 옆에 있던…."

"아, 한국 분."

"딸래미는 만났어요?"

그녀가 치치하얼에서 딸을 만나지 못하면 만주리까지 가야 할지 모른다고 했기 때문이었다.

"내일 흑하로 가요. 거기로 갔다 해서…."

"안됐네요."

흑하가 어디냐고 물어보려다가 말았다. 한숨 섞인 그녀의 말소리에서 뭔가 나를 확 잡아끄는 것이 있었다.

흑하. 그 어감은 만주리보다 더 낯설고 먼 곳일 것 같았다. 흑하로 가고 싶어졌다. 같이 가고 싶다 했더니 그녀는 흔쾌히 좋다고 했다. 만주리에는 꼭 가야 할 이유가 없었다. 나는 여행을 할 때 행선지는 늘 즉흥적으로 결정한다. 하나의 행선지가 떠오르면 첫선을 보는 설렘으로 그곳에 모든 가치를 부여하는 습성이 있었다.

치치하얼로 가는 밤기차가 있었다. 나는 빙관에서 바로 짐을 챙겨 역으로 갔다. 다행히 기차는 탈 수 있었고, 어제 왔던 길을 거슬러 치치하얼로 갔다. 새벽 두 시쯤 치치하얼에 도착했다.

그런데 뜻밖에 그 여자가 마중 나와 있었다. 물론 내가 밤기차로 간다고 통화는 했지만, 그렇다고 새벽 시간에 마중까지 나올 줄 전혀 생각하지 못했다. 낯설고 낯선, 그래서 저승과도 같은 이 먼 북만주에, 그것도 새벽 시간에 나를 위해 마중 나온 사람이 있다니 마치 전생의 애인이라도 만난 것 같았다. 카잔차키스는 새로운 여자를 만났을 때 이전에 알던 모든 여자는 까마득하게 잊어버리고 오직 그 여자만 눈앞에 있다고 했는데, 나는 그 반대로 내가 알던 모든 여자들의 얼굴이 그녀 얼굴에 겹쳐졌다. 그것은 지금까지 내가 겪어보지 못한 커다란 감동이었다.

눈물이 왈칵 쏟아질 것 같았다. 그래서 잠시 걸음을 멈추고 괜스레 역사 천정을 올려다보았다. 겨우 감정을 진정시키고 나서 그녀 쪽으로 갔다.

그녀를 와락 껴안고 싶은 충동을 느꼈다. 그리고 그녀 품에 안겨 주체할 수 없는 눈물을 쏟고 싶었다. 세상에 태어나고 그런 감동은 처음이었다.

나는 그녀를 와락, 껴안 듯 그녀의 손을 덥석 잡았다. 순간 그녀의 종이 되고 싶었다. 그녀를 위해 그녀에 뜻에 무조건 복종하는 충직한 종이 되고 싶었다. 그녀는 다섯 시간을 기다렸다고 했다. 내 전화를 받고 줄곧 역에 나와 기다렸다는 것이다. 오직 나 한 사람을 위해 자신도 처음인 이 낯선 도시의 황량한 역사에서 기다렸다니 내 온몸은 감동으로 가득 차올랐다.

세상에 어떻게 이럴 수 있을까? 기차간에서 우연히 처음 만났는데 무슨 인연이 있어 낯선 곳, 낯선 시간, 낯선 사내를 다섯 시간이나 기다린 것일까? 그녀 이름이 '김연화'라 했던가? 정말 진흙 속에 피어오르는 부처님 애인이라도 닮은 연꽃 같았다.

"혹시나 선생님이 어려움에 처할까봐…."

수줍은 모습을 보이는 그녀의 손을 선뜻 놓지 못했다. 아, 이 길이 저승길이라면 정말 저승에서 처음 만나는 인연 같았다.

"딸아이는 여기 없고, 여기서는 아무런 할 일이 없어졌어요. 그냥 있는 것보다 기다리는 편이 좋잖아요. 그것도 막연한 기다림이 아니라 몇 시간 뒤면 꼭 오는 기다림이지 않아요."

"그래도 기차간에서 처음 본 사람인데…."

"좋은 분인 것 같아요."

"좋게 봐주시니 다행입니다만…."

"전 원래 기다리는 데 선수예요. 한국 간 남편도 줄곧 잘 기다렸지요. 처음 연락이 뜸할 때도, 나중 연락이 거의 없을 때도 잘 기다렸지요. 그러다 더 기다릴 수 없었던 것은 다른 여자와 같이 산다는 소식을 들었기 때문이었어요. 딸아이를 친정 어머니에게 맡기고 한국으로 찾아갔지요. 남편은 이미 남이 되어 있었어요. 더 이상의 애원이나 설득도 의미가 없었어요."

여관으로 가면서 그녀는 아직도 감동에 젖어 있는 나에게 자신에게는 습성이 되어버린 기다림을 말했지만, 나는 오로지 나를 위해 준비해둔 기다림 같았다.

그녀가 묵고 있는 여관은 외국인 관광객은 잘 가지 않는 이른바 서민 빙관이었다. 그녀의 옆방에 빈방이 있었다. 그녀는 종업원처럼 내 방의 침대를 살펴보고 짐 정리까지 도와주었다. 내가 종인데 주인이 종을 위해 이렇듯 성심을 다해주니 몸 둘 바를 몰랐다. 하지만 너무 피곤해 나는 곧 침대 위에 뻗어버렸다.

이튿날 아침, 그녀가 나를 깨웠다. 빙관은 조식이란 게 없었다. 그녀가 가까운 국숫집으로 안내했다.

"입맛에 맞으실 거예요."

한국 사람들의 입맛을 조금은 알고 있다고 했다. 중국 여행을 다니다 보면 가장 불편한 것이 식사였다. 그런데 국수는 그다지 부담이 없었다. 한국 생활 경험이 있는 그녀가 그것을 배려한 것이다.

흑하행 기차를 탔다. 중국 기차의 특징은 우선 길고 우중충한 분위기다. 흑하행 기차도 예외는 아니었다. 세 명씩 앉는 좌석이었다. 나는 그녀에게 창가 자리를 권했다. 그녀는 한사코 나를 창 쪽으로 밀쳤다. 먼 곳에 여행 온 사람이니 창 쪽에서 편하게 풍경을 감상하라는 것이었다.

우리는 먼 여행을 가는 부부처럼 나란히 앉았다. 그녀는 이것저것 먹을 것을 내게 권했다. 기차가 흔들릴 때마다 몸이 조금씩 부딪쳤지만 그녀도 피하지 않았고 나도 그랬다. 몸이 닿을 때마다 예민한 감정들이 살아나는 것 같았다. 지나는 행상에게 생수를 주문하니 딱 한 병뿐이었다. 그 한 병을 사서 그녀에게 먼저 권하자 한 모금 살짝 마시고는 내게 건넸다. 나도 한 모금 마시고는 다시 그녀에게 건넸다. 그녀가 수줍은 듯 한 모금 마시고 다시 내 쪽으로 건넸다. 나는 그녀의 입술이 닿은 생수병을 그대로 꿀꺽꿀꺽 들이켰다.

그 사이 나를 바라보는 그녀의 얼굴이 발갛게 물들었다.

"피곤하면 제 어깨에 기대어 주무셔도 괜찮아요."

그녀는 어깨를 내밀었다.

잠시 그녀 어깨에 얼굴을 기대고 눈을 감았다. 그녀 몸에서 풍기는 냄새가 좋다. 어린 시절 개똥참외 냄새 같았다. 어머니, 누이, 아내, 옛날 애인…. 아, 간밤 역에 마중 왔을 때처럼 내게 좋은 느낌을 주었던 모든 여자들의 얼굴이 합성된 이미지 같은 느낌이었다. 그녀는 흘러내린 내 머리카락을 쓸어 올려주었다. 나는 그녀의 손을 잡았다. 그녀는 가만히 있었다.

온 낮을 달려 흑하에 도착했다. 흑하도 덩그런 건물들만 우선 눈에 들어왔다. 뭔가 만주 북단의 특색이 보이지 않아 약간의 실망을 했다. 굳이 특별하다면 러시아어 간판들이 보이고 러시아 사람들이 더러 눈에 띄어 이곳이 중국과 러시아의 국경이라는 것을 알 수 있었다. 멀고 낯선 도시임은 분명했다. 그녀도 흑하는 처음이라 했다. 혈육이 무엇인지 여자 혼자 멀고 낯선 곳까지 딸을 찾아온 그녀가 안쓰러웠다.

그녀가 나를 데리고 찾아간 곳은 조선족 식당이었다. 거기에도 조선족은 살고 있었다. 그러니까 그녀 딸도 아마 그런 곳에서 일을 하고 있을지 모른다. 소식을 전해준 딸의 친구가 그 식당 정보도 알려준 듯했다. 간판이 한자로는 '정선'이지만 한글은 '전선'이라 쓰여 있었다. 식당 뒤로는 흑룡강이었고, 건너 러시아 도시 블라고베센스크가 빤히 보였다. 한강보다 강폭이 훨씬 좁았다.

정식 종류를 주문했다. 종업원 여자는 아기를 업고 일을 했다. 그녀가 탈북녀라고 귀뜸을 해주었다. 특히 러시아 국경 지역에 탈북녀가 많다고 했다. 다른 곳에 비해 단속이 심하지 않은데다 여차하면 러시아로 갈 수 있기 때문이라고 했다.

"러시아나 중국이나 큰 차이는 없어 보이는데요?"

"러시아에 가면 미국이나 한국으로 갈 수 있기 때문이어요."

"아하…."

나는 등에 업힌 아이를 애처롭게 보면서 고개를 끄덕였다. 그 아이는 일종의 신변보호용이라고 했다.

"신변보호?"

"소환되지 않으려고 현지인과 결혼해요. 남편은 대부분 현지인 중에 나이가 많거나 무능력자들입니다."

혀를 찼다. 아기 때문이 아니라 낯선 식당의 종업원으로 있기에는, 아니 늙고 무능력한 중국 남자와 살기에는 아주 젊고 고운 여성이기 때문이었다.

우리가 탈북녀 이야기를 하는 동안에 식당 부근에서 살고 있다는 딸의 친구가 왔다. 딸애는 그곳 중심가 다방에서 일하며 대우도 그런대로 괜찮고, 무엇보다 같이 살고 있는 남자 친구가 잘 보살펴주고 있다고 했다. 중국의 다방은 술과 차를 같이 파는데, 요즈음 들어 인기가 있어 여기저기 많이 생겨나는 신종 업소인 셈이다. 그런데 딸애는 거기까지 찾아온 엄마를 만나지 않겠다고 하는 것 같았다. 잘살고 있으니 그냥 가라는 것이었다.

그녀는 손수건을 꺼내 눈물을 훔치기 시작했다. 나는 슬그머니 자리를 피해 밖으로 나왔다. 식당 뒤쪽은 바로 흑룡강이었다. 바닥에 퍼질러 앉아 담배를 피워 물었다. 강 건너 러시아 도시가 손에 잡힐 듯 다가온다. 이쪽 세계, 저쪽 세계…. 이곳도 강을 사이에 두고 이승과 저승이 갈리는 것 같았다.

언제부턴가 그녀가 내 뒤에 있었다. 조금 전 흐느끼던 얼굴에 눈물은 가셨지만 표정은 무거웠다.

"만나기로 했어요?"

그녀는 고개를 저었다.

"만나줄 때까지 기다려야지요. 내 팔자가 그건데요 뭐…."

"기다림의 선수…."

그녀가 피식 웃었다. 나도 웃었다.

나는 그녀의 어깨를 감싸 안았다. 그녀는 아직도 흐느끼고 있었다. '기다림의 선수'라는 내 농담에 잠시 웃어 보였지만 그것이 큰 위안일 수는 없었다. 어쩌면 그녀는 정말 기다리는 데 선수가 되어버린 것이 아닐까?

그녀는 근처에 숙소를 정하고 딸애가 만나줄 때까지 있을 것이라 했다. 나도 며칠은 여기 같이 있고 싶다고 했다. 그녀는 자신 때문에 일부러 그러실 필요가 없다며 내 갈 길을 가라고 몇 번이고 미안해했다.

"난 어차피 여행이니 며칠이라도 같이 있을게요."

그녀도 어쩔 수 없는 듯 더 이상 채근하지 않았다. 근처 빙관을 찾았다. 내가 방 둘을 부탁했다.

"저, 불편하지 않으시다면 저 때문에 방을 두 개 얻을 필요는 없어요. 돈만 비싸게….”

“염려 마십시오. 그 정도 돈은 충분히 있으니까요.”

“그러면 제가 불편해요. 저는 바닥에 자도 괜찮으니 그냥 방 하나만 하세요.”

그녀는 그저 인사치레가 아니라 아주 완강했다. 그녀가 돈 때문이 아니라 외로워서가 아닐까 해서 결국 방을 하나만 잡았다. 그녀의 기분 전환을 위해 주변 유원지 관광과 술도 같이 했다. 그리고 우리는 마치 부부처럼 빙관 방으로 돌아왔다. 방에서 서로 바닥에서 자겠다며 또 한 번 실랑이를 벌였다. 둘의 뜻이 너무 강하다 보니 금방 결판이 나지 않았다.

“그럼 침대에서 같이 자요. 멀리 떨어져 자면 되잖아요.”

그녀도 그제는 수긍했다.

약간의 술이 취한 채 우리는 침대에서 가능한 멀리 떨어져 누웠다. 잠이 잘 오지 않았다. 기분이 묘했다. 아무리 서로가 약속을 하고 멀리 떨어져 누웠다지만, 같은 침대에 나란히 누운 것은 사실이 아닌가? 가는 인기척을 하는 것으로 봐 그녀도 얼른 잠이 오지 않는 것 같았다. 그래도 내게 크나 큰 감동을 안겨줬던, 딸을 찾아 멀리까지 온 여인네에게 흑심을 갖는다는 것은 내 윤리 도덕이 허락하지 않았다.

나는 잡념을 없애려고 머릿속으로 숫자를 세기 시작했다. 그러나 숫자 세기도 스물을 넘기지 못했다. 또다시 옆에 여자. 다시 숫자를 세보지만 역시 스물을 넘기지 못했다.

옆에 여자…. 내 생각은 시계추처럼 숫자를 세다가 금방 여자라는 제자리로 돌아왔다. 게다가 솔솔 여자 특유의 살냄새까지 코를 자극했다. 아, 그제는 내 감각이 살아나기 시작했다. 하나 둘 내 살에 붙어 있는 모든 털들이 고개를 쳐드는 것 같았다.

감각은 늘 관념을 덮어버린다. 그녀는 그냥 한국 식당에서 허드렛일을 하는 평범한 아줌마에 불과하다. 딸을 찾아 멀리까지 온 가련한 여인을 내가 보호해줘야 한다. 그러나 여자의 살냄새는 점점 더 짙어지고 이미 일어서기 시작한 내 몸의 털들은 내 의지로 누그러뜨리기 쉽지 않았다.

그러다 한동안 깜빡 잠이 들었다가 다시 깨어났다. 그녀도 여전히 자고 있는 것 같지가 않았다. 어쩌다 내 손이 그녀 팔 쪽으로 가 닿았다. 나는 손을 조금 더 밀었다. 그녀는 피하지 않았다. 나는 지체없이 그녀의 손을 잡았다. 그녀도 내 손을 잡는다. 나는 그녀를 와락 껴안았다. 그녀도 나를 기다리고 있었다. 낯선 역에서 다섯 시간을 기다렸던 것처럼, 아니 기다림의 선수라서가 아니라 평생 동안 나를 기다린 것처럼 나를 받아들였다. 오래 기다렸으므로 우리의 몸은 금세 달아올랐다. 마치 고향집 깊은 우물에 두레박을 내리는 것 같았다. 삶의 모든 감정이 녹아 있는 우물에 나는 흠뻑 젖었다. 그리고 충만했다.

그래서 그녀는 내게 마돈나였고 마리아였고 마릴린 먼로였고 부처였고 세상 모든 아름다운 여자를 다 합산한 그런 아름다움의 끝에 있는 여자였다. 나는 그녀를 통해서 지극한 감동이 왜 사랑인지 알았고, 여자란 얼굴만으로 살아가는 것이 아니라는 사실을 처음으로 알았다.

다음날 아침, 어디선가 흐느끼는 소리에 잠에서 깨어났다. 옆을 살폈다. 아무도 없었다. 간밤 충만했던 사랑이 꿈이었던가? 두리번거리다가 한쪽에 가지런히 놓인 그녀의 가방이 눈에 들어왔다. 적어도 꿈은 아니었다. 그런데 밖에서 흐느껴 우는 소리가 점점 크게 들려왔다. 그것도 한 사람이 아닌 두 여자가 내는 울음이었다. 나는 일어나 커튼을 걷고 창밖을 내다봤다.

아, 그녀와 머리를 노랗게 염색한 딸이었다. 둘은 여관 현관 앞에서 서로 부둥켜안고 울고 있었다. 아마도 방금 전에 딸이 찾아와 감동의 모녀 상봉을 한 것 같았다.

나는 이층 창가에서 한동안 물끄러미 내려다보다가 더 이상 내가 있을 자리가 아니라는 것을 알았다. 짐을 챙겨 뒷문으로 여관을 나왔다. 다시금 비가 조금씩 흩뿌리고 있었다.

어디로 가나?

늘 따라다니던 질문이었다. 저승? 저승길이 있다면 이렇듯 조금은 쓸쓸하고 외롭고 그러나 견딜 만한 곳이 아닐까? 나는 결국 만주리는 가지 않았다. 만주리는 끝을 의미했고 끝은 더욱 외롭고 쓸쓸할 것 같았기 때문이었다. ::

사과꽃 향기는 바람에 날리고

사과꽃 향기는 바람에 날리고

1.

그녀의 손을 잡은 채 무슨 말을 해야 할까 더듬거리고 있다. 언제부턴가 인상 한번 고약한 개가 옆에서 왁왁 악을 쓰며 분위기를 깬다. 기분 같아선 그놈의 개 배때기를 축구공 걷어차듯이 날려버리고 싶지만, 혹시나 좋은 분위기에 금이 갈까 잔뜩 신경만 곤두서 있다. 평소 한 구라 한다는 그 좋은 언변들이 어디 갔는지 도무지 멋진 한마디가 떠오르지 않는다. 가위눌림 당한 것처럼 그 개의 몰골 같은 희한한 시간만 흐르고 있다. 그런데 개가 점점 더 악을 쓰더니 달려들기까지 한다. 그녀의 표정이 서서히 일그러지기 시작한다. 더 이상 참을 수 없다. 공중으로 붕 떠올라 이단 옆차기로 개 복부 쪽을 죽어라 날렸다.

"아, 아…."

자지러지는 비명은 개소리가 아니라 마누라 대구댁이었다. 그날은 사과밭에 약도 쳐야 하고, 묵은 사과도 포장해서 공판장에 넘겨야 하는 등 이래저래 일이 많았다. 동네 아줌마 품까지 여럿 들여놓은 마당에 주인이랍시고 늦잠을 자니 가만히 있을 마누라가 아니었다. 게다가 자는 꼴이 가관이었다. 제 무슨 청춘 연인이라 베개를 끌어안고 그윽히 미소 짓는 것은 그렇다 해도 잠꼬대까지 흥얼거리는 데야 욱하는 남편의 성질을 고려할 상황이 아니었다. 그래서 소리를 지르며 팔다리도 꼬집다가 그만 옹차게 걷어차인 것이었다.

모처럼 보현산 카페 마담 김지연과 달콤한 분위기에 젖어 있던 박 원장은 개 대신 방바닥에 쓰러져 있는 마누라를 보는 순간 비로소 냉엄한 현실의 도래를 실감한 듯 입맛을 다셨다. 아니래도 여자 나이 쉰이 넘으면 하늘같던 남편도 깔보기 시작한다더니 고분고분하기 그지없던 마누라였지만, 최근 들어 잔소리가 늘어가고 목소리도 거칠어지는 것이 영 못마땅했다.

그래도 방 한쪽 구석에 녹다운된 권투선수처럼 쓰러져 있는 마누라를 보니 조금은 미안한 생각이 들었다.

"무슨 놈의 꿈이 그렇게 사납노…. 똥개가 어찌나 거칠게 덤비던지…."

슬그머니 손을 잡아 일으켜 세우려는데 바락 고개를 쳐든 대구댁은 도끼눈으로 손을 벌레 탈치듯 뿌리쳤다.

"똥개? 하고 많은 비유 중에 똥개가 무엇잉교?"

"꿈 말이다. 꿈속에 개."

대구댁은 더 이상 상대하기 싫다는 듯 혼자 투덜투덜 털고 일어나 방을 나가버렸다.

개도 뭐 먹을 땐 건드리지 않는다고 아무리 나이 지긋한 부부라도 사생활이란 게 있지 않는가? 만만한 것이 홍어 뭐라고 그나마 마누라라도 발로 걷어찬 것이 반분은 풀린 셈이었다.

사실 늦잠이었다. 벽시계는 벌써 아홉 시, 뻐꾸기가 그렇게 울었다. 일어나 식탁으로 갔다. 첫술을 들려는데 대구댁은 분이 덜 풀렸는지 한마디 더 쏘아붙였다.

"장로 될 사람이 밤늦도록 술이나 퍼마시고 잘한다."

"누가 장로 한다 캤나?"

한결 누그러진 항변이었다.

"시끄럽다 마. 새카만 후배들이 벌써 장로하고 있는데 아직도 서리 집사, 서리 꼭지도 몬 떼고 있으이 낯짝 들고 우예 댕기는교? 내가 다 남사스럽구만도…."

"마, 그래도 사과꼭지는 잘 딴다 아이가?"

"어이구, 따라는 사과꼭지는 안 따고 엉뚱하게 여자 젖꼭지나 따러 다니니 그렇지…."

"못하는 말이 없구만. 내가 언제 그랬다고 그러나…."

"허구한 날 무슨무슨 씨 하며 폰 해대쌓는 건 뭔교?"

"다 문화원 제자들 아이가."

"문화원? 무슨 말라비틀어진 문화원이고?"

"저, 저…. 저렇게 삐뚤어진 심보로 예배당 집사질은 우째 하노?"

"집사질이라도 하이 이렇지, 아니면 니 죽든 내 죽든 벌써 결판지었을 끼다 마."

"쯔쯔…. 남 들을까 겁난다. 내가 무신 몹쓸 짓을 했다고 그클 그래샀노. 아 그럼, 늘그막하게 그런 취미 활동도 없으면 이런 촌바닥에서 어떻게 살라고 그라노?"

"머어, 취미? 멀쩡한 날 젊은 여자들하고 놀아나는 게 취미라고?"

"놀아나다니?"

"벌건 대낮에 남녀가 노래방 가면 뻔한 거 아이가?"

서원 탐방 갔다가 돌아오는 길에 읍내에서 노래방 간 것을 누가 본 모양이었다.

"뻔 자는 무슨? 노래방에서 노래하는 게 뻔 자지."

"부루스가 먼가 엉겨 붙어 춤도 춘다며?"

"신이 나면 손목 정도는 잡고 흔들 수도 있지 뭐…."

"뜨물에 아 생긴다는 말 못 들어봤나?"

"그깟 일로 정분날 것 같으면 대한민국에 얼라들 천지삐까리 구로."

"어디 아 만든다 캤나, 바람피운다 캤지."

"어허, 노래방 몇 번 갔다고 그러노? 사람 너무 의심하는 것도 병이다, 병."

"농사꾼 마음이 콩밭에 가 있으이 그 무슨 바람도 아니고 허구한 날 일하다 말고 사라지지 않나…. 사과는 뭐 가만 놔두면 저절로 굵고 익는 줄 아나."

"그만해!"

박 원장의 목소리가 갑자기 크고 단호해졌다. 대구댁도 그의 성질을 잘 아는 터라 그 대목에서 슬그머니 꼬리를 내렸다. 그녀 입장에서도 마냥 달려들 수 없는 것은 짐작은 가지만 구체적 물증이 없기 때문이었다. 박 원장도 그 선에서 더 이상 밀리면 안 되겠다는 위기의식이 있었다. 거기서 방어선을 확고히 해야지 말다툼 중에 야금야금 전선이 무너지다 보면 결국은 수습할 수 없는 지경에 이르리라.

그나마 마누라 입에서 '연애'라는 말이 나오지 않는 것만도 천만다행이었다. 제까짓 아무리 추리 상상력을 동원해도 기껏 노래방의 블루스까지였다. 촌에 사는 마누라 주제에 지금 자신이 빠져 있는 그 고상하고도 달콤한 연애에 대해 '연' 자도 상상할 수 없을 것이다. 그러니까 마누라의 순진하고 짧은 상상력이 장터 다방이나 노래방 전선을 넘어오지 못하도록 그 선에서 적당하게 냄새를 피우는 연막전술이 필요했다. 그것이 통할 수 있는 것은 마누라가 침범할 수 없는 그의 문화 활동 영역이 있기 때문이기도 했다. 비록 다른 농사꾼처럼 부지런하지는 않지만, 어느 정도는 남편의 여가 생활이나 문화 활동으로 봐주는 것이었다. 아니, 그것은 타협이 불가능한 박 원장의 절대 영역이기도 했다.

명퇴 후 고향으로 돌아와 전원생활한답시고 십여 년 지냈지만, 말이 전원생활이지 거의 농사꾼이 다 되었다. 그는 인생의 후반기를 여유 부리며 살고 싶었다. 화초나 가꾸고 그동안 미루어두었던 서예나 하면서 좀 더 멋진 삶을 꿈꿨다. 그러나 그의 화초 농장을 끼고 있는 과수원 주인이 나이 들어 농사를 지을 수 없다며 맡아달라는 바람에 어쩔 수 없이 본격적인 농사꾼 길로 들어선 것이었다.

농사라는 것은, 더구나 사과 농사는 대충이 통하지 않는다. 조금이라도 소홀히 하면 왕창 망쳐버린다. 그나마도 귀농을 극구 반대하던 대구댁이 언제부턴가 남편보다 더 적극적인 농사꾼이 되었기에 그럭저럭 현상 유지라도 하고 있는 것이었다. 하지만 박 원장으로서는 여전히 농사일이 서툴고 또 남들처럼 전력을 기울이지도 않았다.

몇 해 전 부근에 문화원이 생기면서 군청의 권유로 서예교실을 개설했다. 수강생이라야 열 명이 넘지 않았다. 그러다 보니 어떤 경우에는 학생이 한두 사람일 때도 있었다. 그래도 박 원장에게는 일주일에 하루인 그 시간이 너무 소중했다. 과수원 일이 아무리 바빠도 문화원 강의는 빠지지 않았다. 시골 구석이어도 그런대로 수요자는 있었다. 그중 보현산 기슭에서 카페 '천년여우'를 경영하는 김지연은 수업에 꼬박꼬박 참여했고, 자신을 좋아하는 것 같았다. 하기야 나이는 좀 먹었지만, 그런 시골에 자신처럼 인텔리한 남자도 드물었다.

"빨리 안 나오고 뭐 하능교!"

사과 창고 쪽에서 마누라 성화가 대단했다.

요즘 들어 부쩍 늘어난 잔소리였다. 게다가 일하는 날이면 그 정도가 더 심했다. 둘만이 있을 때면 몰라도 남들 앞에서까지 저러니 박 원장으로서도 더욱 못마땅했다. 아무리 편한 이웃이라 하더라도 서예교실 선생님인 남편의 체면 따위는 전혀 고려하지 않았다.

"이빨은 닦아야 할 것 아이가!"

박 원장도 창고 쪽으로 냅다 소리를 질렀다. 여차하면 아까 잠결에 날린 이단 옆차기가 한 번 더 날아갈 태세였다. 하기야 마누라 성화를 전혀 이해 못할 것도 아니었다. 사과 포장하는 데 무거운 상자를 옮기는 것이나 약 치는 일은 온전히 그의 몫이다. 약을 다 치려면 한나절이 꼬박 걸린다. 약 치는 것도 때를 놓쳐버리면 손해가 크다. 게다가 꽃이 피는 시절에는 한 해 농사를 좌우할 수 있다.

박 원장이 투덜투덜 창고로 다가오자 대구댁은 바닥을 쓸고 있던 비질을 그쪽으로 획 삐치며 불만을 표했다. 아까 걷어차인 것이 못내 분한 모양이었다. 그것도 여자 때문이라 생각하니 더욱 성질이 났다. 거기다가 늦게 나오면서 머리까지 감고서 외출복 같은 옷차림새였다. 가까이 다가오자 먼지를 한 번 더 덮어씌웠다.

"와 이라노. 옷 베리구만은."

박 원장이 뒤로 놀라 한 걸음 물러섰다.

"선보러 갈 일이 있나, 일하러 가는 사람의 옷차림이 그게 뭔교? 그러고 머리는 꼭 오늘 같은 날 감아야 되나?"

"매일 감지 않으면 찝찝하다 아이가?"

"머리라도 짧으면 말을 안 하지…."

보다 못해 일하러 온 이웃 아줌마들이 끼어든다.

"아이고, 형님. 마 그만하소. 내싸 마 멋만 있구만은."

"말 꽁지 같은 머리 누가 좋아한다고 저리 가꾸는지…."

"예술가 아인교? 남촌 선생님이라면 군 내에서 알아준다 아입니꺼?"

"야, 말이 좋아 불노초라고, 예술은 무슨 말라 죽을 예술이고?"

마누라 심술을 보다 못해 심사가 뒤틀리는지 그는 옮기던 사과 상자를 확 밀쳤다. 그리고는 창고 옆 경운기 쪽으로 가서 거칠게 시동을 걸었다. 마누라 잔소리가 경운기 시동에 모기 소리처럼 작아졌다.

"사과 상자나 다 옮기고 약 치러 가소!"

김 집사가 박 원장에게 소리를 지르자 그는 경운기의 시동 소리를 더 요란하게 내면서 약통을 싣고 집과 붙어 있는 사과밭으로 몰고 가버렸다.

화창한 봄날이다. 마누라 짜증을 따돌린 과수원은 따스한 햇살 아래 가지마다 활짝 피어난 하얀 사과꽃 천지다. 그 뒤로 병풍처럼 둘러 있는 보현산이 오늘따라 훨씬 정겹게 다가왔다. 마누라 때문에 상한 기분이 흔적 없이 달아나버렸다. 오히려 이팔청춘인양 가슴이 설레기까지 했다. 아침 나절의 꿈이 그 설렘을 부추겼다.

물론 꿈이란 것이 현실에서 이루지 못한 욕구의 반영이라고도 하지만, 살갑게 대하는 문화원 제자인 김지연과의 연애는 손에 닿을 듯 애간장만 녹이고 있었다. 일이 손에 잡히지 않았다. 박 원장은 물통을 옮기고 호수를 깔고 사과나무 약 치기 준비를 하다 말고 그냥 울타리를 넘어버렸다. 그리고 몰래 집으로 돌아와 뒷마당에 세워둔 차를 몰았다. 벌써 몇 번째인지도 몰랐다.

일하다 말고 사라지면 뒷일은 늘 대구댁 몫이었다. 무작정 장터로 왔으나 벌건 대낮에 다방으로 들어가기엔 아무래도 낯간지러울 것 같았다.

어디로 갈까…. 결국 그가 가는 곳은 보현산 김지연의 카페 '천년여우'였다. 정말 그는 대낮에 여우에게 홀린 것처럼 일하다 말고 거기를 찾아가고 있었다. 그런데 정작 보현산에 들어서자 자동차 바퀴는 엉뚱하게도 건너편에 있는 전통찻집으로 굴러가고 있었다. 선뜻 김지연에게 가지 못하는 것은 일종의 자격지심 때문이다. 제자가 스승에게 보내는 존경 섞인 사랑에 자제력을 잃고 그곳을 뻔질나게 드나들었으나 마음의 상처만 받았다. 하지만 여전히 꿈자리까지 설치게 하는지라, 아니 그놈의 환장할 봄 날씨를 구실로 울타리를 넘은 것이었다.

"형님, 원장님이 차 몰고 나가는 것 같은데요?"

이장네와 철물점댁인 철이 엄마가 새참을 준비하러 갔다 오면서 고개를 갸웃했다. 그녀들은 박 원장이 일하다 말고 급하게 나가는 것이 아무래도 심상찮다며 대구댁을 부추겼다. 아무리 농사일에 성의가 없다 해도 그렇지 어떻게 약을 치다 말고 사라질 수 있는가? 남편이 간 곳은 뻔했다. 대구댁은 그제야 확신이 서는 듯 고개를 한 번 갸웃하고는 소리를 버럭 질렀다.

"가자!"

새참 먹던 숟가락을 사과나무 쪽으로 휙 던져버리고는 벌떡 일어났다.

"동생들, 같이 쫌 가자."

"가입시더. 천년약속인지, 천년야시인지, 모가지를 확 비틀어 놓고 오입시더!"

이장네와 철이 엄마가 맞장구를 쳤다. 그러나 보현산까지는 발품으로 반나절은 족히 걸리는 거리였다. 마침 그날 품일하는 강원도 새댁이 있었다. 새댁 집에는 트럭도 있었다. 비록 고물이기는 했으나 보현산까지 가는 데는 아무런 문제가 없었다. 넷은 마치 전선으로 나서는 용사들처럼 의기양양하게 출발했다. 트럭이 비탈길에서 속력을 제대로 내지 못했지만, 질투심에 불타는 그녀들 속보다 더 털털거리면서 잘도 올라갔다.

네 여자는 보현산 서쪽 자락에 있는 천년여우에 도착했다. 찻집 안은 생각보다 안온하고 조용했다. 그런데 뭔가 이상했다. 박 원장의 승용차 갤로퍼가 보이지 않았다. 갤로퍼가 없다면 박 원장이 그곳에 있을 리 만무했다. 뭔가 헛짚은 것 같았다. 기세등등하던 그녀들의 어깨가 한순간 축 내려앉았다.

"차 드시러 오셨어요?"

텔레비전에서나 보던 것 같은 김지연의 차림새와 말씨에 그녀들은 우선 기가 죽어 제대로 말을 못하고 더듬거렸다.

"형님, 그래도 여기까정 왔는데 우리가 그냥 내려갈 수는 없잖아요?"

이장네가 나섰다.

"마담 되세요?"

철이 엄마가 여태 쓰지 않던 서울말을 쓰고 있었다.

"네, 이 동네 사시는가 부죠?"

본토 서울말이었다. 흉내나 내는 어설픈 서울말과 확연히 달랐다. 그래도 그녀들은 저런 장사뜨기 앞에서 기가 죽을 수 없었다.

"아, 이분은 우리 면 부녀회 회장님이시고, 바르게살기 운동본부 총무님이시고…."

"어머, 그러신가요? 처음 뵙겠습니다. 저는 김지연이라고 합니다."

아, 김지연이라. 차림새와 어울리는 세련된 이름이었다. 영숙이니 순옥이니 하는 자신들의 이름과는 그 뿌리부터가 달라 보였다. 하지만 거기서 물러설 그녀들이 아니었다.

"에… 이분은 또 문화원 박 원장님의 사모님…."

평소에는 문화원 같지 않은 문화원의 원장이라며 타박을 주다가 그 상황에선 그 문화원장을 들먹이니 속이 조금 캥기는 것은 사실이었다. 그래도 제까지것 아무리 고상한 척해도 남편에게 배우는 꼴란 처지가 아닌가? 아니나 다를까 그 대목에서는 마담의 얼굴이 약간 굳어지는 듯했다. 거기에 기회를 얻었다 싶었는지 곧바로 대꾸했다.

"마담이 거기서 뭘 배운다던데…."

"네, 산골에 오니 너무 심심한 것 같아서요."

"그런데 여기 장터 남자들이 자주 찾아온다면서요?"

그동안 가만히 있던 새댁이 한 펀치를 날렸다.

"장터 분들도 자주 오시지만, 읍내 분들이나 서울 분들도 자주 오셔요."

더 이상의 펀치를 내밀 수 없었다.

"형님, 오늘은 그냥 가지요."

새댁이 슬그머니 김 집사의 옷자락을 당겼다. 여우굴에 용감하게 쳐들어왔으나 빈틈을 보이지 않는 여우를 족칠 수는 없었다. 그녀들은 멋쩍게 그 카페를 나올 수밖에 없었다.

"형님이 뭔가 말을 해야지요."

철이 엄마가 당사자인 대구댁에 불만을 털어놨다.

"우리가 너무 준비가 없었어. 그래도 나 나올 때 그 집 화분 꽃가지 하나 확 분질러버렸어."

"형님, 나도 슬쩍 탁자에 스푼으로 흠집을 냈지예."

"그래? 하하…."

"다음에 한 건수 잡히면 그때는 저 야시 머리끄댕이를 잡아채 땅에 쳐박을 끼다. 그나저나 이놈의 인간 어디로 간 기고…?"

화장실 갔다가 그냥 나온 것처럼 모두들 무언가 개운하지 못했다.

그녀들이 탄 고물 트럭이 투덜투덜 내려오는 보현산 굽은 길 위로 허연 낮달이 덩그러니 떠 있었다.

2.

아주 짧게 스치는 자동차 경적이었다. 약을 치던 박 원장은 잠시 멈추고 과수원 울타리 주변을 살폈다. 영다방 양양의 커피 배달은 이미 다녀갔는데 그런 인위적인 소리가 날 리 만무했다. 약 치는 기계 소리 때문에 잘못 들은 것일까? 아니면 다른 다방에서 서비스 배달 온 것인가? 두리번거리는데 철조망 울타리 쪽에 까만 고급 승용차가 보였다.

아, 그녀가 왔다. 오화정 사장이었다.

그것을 확인하듯 자동차 경적이 한 번 더 짧게 울렸다. 주의해서 듣지 않으면 그냥 흘려버릴 수도 있는 소리였다. 그녀의 경적 소리는 특이했다. 아주 짧게 한두 번 울리고 만다. 며칠 전에도 빵 하는 소리에 깜짝 놀라 약 치는 장대까지 떨어뜨리고 말았다. 그날은 그냥 지나가버렸지만 사실 가장 크게 놀란 것은 그의 코였다.

빵 하는 순간에 그의 코는 벌써 구멍을 넓게 열고서 벌름거리고 있었다. 그의 코는 지난 겨울 일을 정확하게 기억하고 있었다. 이 같은 촌 골짝에서는 맡을 수 없는 고급스런 향수에다 보일 듯 말 듯 부풀어 오른 앞가슴 때문에 도무지 그날의 화투패가 제대로 눈에 들어오지 않았다.

겨울철엔 거의 매일 장터 영다방으로 출근하다시피 했다. 거기에는 박 원장 같은 단골이 몇 명 더 있었다. 그들은 술을 마시기도 하고 당구도 치고 마지막엔 고스톱판을 벌이니 한량이 따로 없었다.

그날은 영다방 정 사장이 사냥해 온 노루고기를 대접했다. 배가 차고 술이 어느 정도 들어가자 늘 하던 대로 구석방으로 자리를 옮겨 고스톱판을 벌였다. 그런데 손님이 있었다. 사과 도매상을 하는 배 씨였다. 그는 늘 사과 수확 철이면 나타나 그들과 같이 어울리면서 사과값을 흥정하기도 하고 고스톱을 같이 치기도 했다.

"눈이 많이 와서 어디를 갈 수도 없었습니다."

그러면서 그는 여자를 한 명 데리고 왔다. 처음엔 그의 부인인 줄 알았다. 펜션 사업을 하는 '오화정' 사장이라고 했다. 한눈에도 혹하는 미인이었다. 소개를 받은 그들은 그녀의 미모에 눈이 휘둥그레졌다. 늘 봐오던 장터 다방의 아가씨들과는 종자가 달라 보였다.

"한판하지."

약간의 인사와 소개가 끝나자 언제나 가장 적극적인 철물점이 텔레비전 수상기 위에 놓인 화투 모를 집어 들었다. 그는 적극적이지만 주로 돈을 잃는 쪽이다.

"노루고기도 먹었고, 술도 먹었고…."

영다방 주인인 정 사장은 국방색 군용 담요를 깔았다.

"눈도 이렇게 오는데…. 이장도 한판하고 가지?"

박 원장은 이장까지 끌어들였다.

"저도 오늘 고기 값 좀 보태드려야지요."

도매상 배 씨도 자리를 잡았다.

"오 사장님, 끼실래요?"

배 씨는 오화정에게도 권했다.

"아니, 고스톱 칠 줄 아십니까?"

모두가 놀라서 오화정 쪽을 봤다.

"잘은 몰라도 칠 줄은 압니다."

오화정이 망설임 없이 배 씨와 박 원장 사이에 앉았다.

"촌 동네 고스톱은 족보가 좀 복잡할 낀데요…."

박 원장이 염려스럽게 쳐다봤다.

"배우면서 살살 치죠, 뭐. 뒤에서 구경하는 것보다는 낫지 않겠어요?"

"역시 서울 여자는 달라."

여자라면 그냥 옆에 있어도 즐거운데 같이 고스톱을 친다니 모두가 입이 하마처럼 벌어져 반색이었다.

“우린 점에 천입니다. 기본 바가지에 광박, 열박이 있고, 피는 기본 판쓰리, 따닥, 쪽, 뻑, 폭탄 때 한 장씩만 가져옵니다.”

정 사장이 주인답게 기본 룰을 설명했다. 오화정은 아무래도 좋다는 듯 고개를 끄덕였다.

“촌 동네 화투니 약합니다. 심심풀이로는 그만이지요.”

박 원장이 약간은 걱정스럽다는 듯 덧붙인다.

“자, 선을 가리지.”

정 사장이 화투장을 담요에서 이리저리 섞은 다음 추려서 한 장씩 나누어준다.

“까봐. 낮장밤일.”

성질 급한 철물점이 먼저 깐다. 똥이다. 에이…. 그는 투덜댄다. 일반적으로 고스톱판에서는 첫선을 하면 끗발이 좋다는 속설이 있다. ‘낮장밤일’이라고 낮에는 높은 숫자가 선을 하고 밤에는 낮은 숫자가 선을 한다는 뜻이다. 옆의 정 사장은 팔월 팔공산, 이장은 유월 목단, 배 씨는 사월 흑싸리, 박 원장은 이월 매조, 마지막 오화정이 내놓은 것은 시월 단풍 노루였다. 시월 단풍 노루를 손에 든 오화정이라는 여자를 남촌은 잠시 생각했다. 뭔가 생각이 떠오르려다 말았다. 그 뭔가가 그리 밝은 느낌은 아니었다.

“오늘 점을 치니 노루와 매조가 나왔는데, 노루고기 먹고 나니

이번엔 매조가 오네. 딱 들어맞어. 오늘 뭔가 될 것 같애."

연애한다는 매조라…. 근심을 뜻하는 노루 패를 든 오화정과 연애를 한다 말인가? 박 원장은 뭔가 야릇하고 이상한 기분에 고개를 갸웃거리며 화투패를 돌렸다.

"어마, 왼손잡이시네요?"

"죄송합니다. 불편을 끼쳐서."

"아녀요. 전 왼손잡이가 매력적으로 보여요."

박 원장은 그녀의 말투가 조금씩 몸으로 감쳐 들고 있음을 느끼고 있었으나 화투에 집중하려 했다.

"자, 화투 칠 때는 친구고 뭐고 안면 몰숩니다."

첫판이 돌아갔다. 오화정은 죄송하다는 듯 다소곳하게 고개를 숙이면서 죽었고, 철물점은 고, 패가 왜 이래 하는 이장은 불평하면서 죽었고, 정 사장은 광을 팔아라며 고를 외쳤다. 그러나 배 씨는 광이 없었다. 낮에 잠시 그쳤던 눈이 다시금 내리기 시작했다. 잠시 뒤 정 사장이 스톱을 불렀다.

"첫판인데 이 정도만 하지 뭐."

오 점이었다. 둘째 판이 돌았다.

"난 올림픽이네."

이장이 먼저 죽었다.

"올림픽이면 칠 만하다 아이가?"

박 원장이 핀잔을 줬다. 올림픽이라는 패가 약이라든지 특별히 좋은 패는 아니지만 같은 것 없이 골고루 든 패를 뜻했다. 그러나 스스로 화투 게임에서 하수라고 생각하는 이장은 상당히 소심하게 치기 때문에 크게 잃지는 않았다. 결국 이것저것 눈치를 많이 보는 배 씨는 죽고 선인 정 사장과 박 원장, 오화정 세 사람이 레이스에 참여했다.

겨울이면 거의 매일이다시피 고스톱을 치니 그들은 상대를 잘 알고 있다. 아무리 운칠기삼이라지만 어느 정도 실력 차이는 있었다. 그래서 정 사장이 주로 딴다면 철물점이 그 반대인 자주 잃는 타입이다. 남촌과 이장은 중간치나 잃는 경우가 좀 더 많은 편이었다.

둘째 판도 정 사장 쪽에 패가 많이 쌓였다. 먼저 첫 고를 불렀다. 오화정 차례가 왔다. 그녀가 잠시 망설였다.

"비풍초칠똥삼팔…."

박 원장은 고스톱의 평범한 진리인 비풍초칠똥삼팔 가운데 하나를 버리라면서 넌지시 똥에 액센트를 넣었다. 눈치 빠른 오화정은 살짝 미소를 지어 보이며 자신이 먹을 것을 포기하고 똥피를 판 위에 내놓았다. 곧 박 원장이 똥 상피로 먹고 쌍피 한 장을 붙이니 바로 3점이 나버렸다.

"짜고 치나?"

독박을 쓴 정 사장이 약간은 불만스럽다는 듯 입맛을 다셨다.

"야, 고스톱의 고 자는 몰라도 그건 알겠다."

박 원장이 오화정에게 고맙다는 눈짓을 찡긋한다.

“오 사장님이 눈치가 빠르신 거 같애.”

그런데 그만한 눈짓인데도 박 원장의 가슴이 살짝 아려 왔다. 처음 보는 여자에게 이상한 마음을 품는 것 같아 얼른 표정을 정리하지만 한번 시작한 치통처럼 중간중간 가슴 한쪽을 콕콕 찔렀다. 김지연에게 갇혀 있던 연애 감정이 그녀에게서 살아나는 듯했다. 그렇다고 둘만의 자리도 아니어서 박 원장은 내심 속만 태우고 있었다.

노루고기에 좋은 술 탓일까? 아니면 눈이 오는 탓일까? 모두 약간씩 마음이 풀려 있는 것 같았다. 평소 같으면 시작부터 서로 승부에 혈안일 텐데 그날은 뭔가 분위기가 달랐다.

그건 아마 냄새일 것이다. 박 원장은 그렇게 단정했다. 묘하고 야릇한 냄새였다. 마누라나 촌 동네 다방 아가씨들에게서는 맡아볼 수 없는 고급진 향수 냄새였다. 그 냄새에 그들은 서서히 긴장이 풀리기 시작했다.

오화정이 방 안이 덥다며 웃옷을 벗으면서 하얀 양팔의 아름다운 선이 노출되었고, 거기다가 간혹 한 번씩 치마를 조금씩 들치는 바람에 사내들은 레이스를 제대로 펼칠 수가 없었다.

“햐, 냄새 정말 좋다.”

기어이 철물점이 참지 못하고 한마디 날렸다.

“저는 사과 냄새가 더 좋아요.”

그녀의 대답이 더 걸작이었다.

"내참, 사과 냄새 좋다는 사람 처음 보네."

별말이 없던 이장까지 한몫 거들었다. 겉으로 무심해 보이던 이장도 그녀의 냄새 앞에서 무장해제 당하고 있음을 말해주고 있었다.

"사과 냄새가 아니라 그거 농약 냄새요. 우린 늘 농약에 절어 사니깐…."

박 원장이 자조 섞인 농담으로 응수했다.

"호호호…."

그녀가 까르르 웃었다.

"글쎄, 그 농약 냄새가 좋아요. 사과 냄새가 섞이면 더 황홀하죠."

그 냄새, 때때로 드러내는 치마 속 뽀얀 다리, 상냥하고 경사진 서울말에다 까르르 웃는 웃음까지, 그들은 고스톱을 치는지 룸살롱에 앉아 포르노를 보는지 모를 지경이었다. 어느새 모두의 아랫도리가 묵직하게 차올랐다. 냉정해야 할 노름판에 그러한 마가 낀다는 것은 하나마나한 승부였다. 승부욕을 상실한 그들은 가능한 오화정에게 돈을 몰아주려 했다. 그런데 이상한 것은 그녀 역시 승부욕이 없는 것은 마찬가지였다.

"전 내일 일도 있고 해서 이만 일어서겠습니다. 오늘 여러분이 처음이라고 많이 봐주시는 것 같아요. 그래서 딴 돈은 여기 놓고

갈게요. 잘 나눠 가지세요."

그리고 그녀는 나갔다. 그녀가 간 뒤에도 그 특유의 냄새는 그대로 남아 있었다. 모두는 콧구멍을 최대한 벌려 놓고서 한동안 멍하니 그녀가 나간 문 쪽을 쳐다봤다. 아무도 패를 돌리려 하지 않았다. 닭 쫓던 개 지붕 쳐다본다고 했던가?

그 뒤로 오화정은 연 며칠 고스톱판에 어울리다가 서울로 갔다. 그러니까 그날 온 눈이 거의 다 녹을 무렵 봄에 다시 온다며 그곳을 떠났다. 그녀의 매너는 매우 좋았다. 돈에 욕심을 부리지 않았고, 딴 돈은 꼭 내놓고 먼저 일어났다. 배 씨는 그녀가 펜션 사업을 해서 돈을 많이 벌었다고 했다. 하지만 들리는 소문에는 그녀에게 사기 전과가 있다는 말도 떠돌았다. 그걸 두고 정 사장은 예쁜 꽃은 독이 있으니 조심해야 한다고 일렀다.

오화정이 왔다는 소문이 퍼졌다. 그녀는 여기저기 땅을 보러 다닌다고 했다. 박 원장은 그녀가 왔다는 말만 들어도 괜히 마음이 설레었다. 그렇게 매너 좋고 우아한 여자가 사기 전과자라는 것은 시기하는 사람들의 험담일 거라고 일축했다. 저녁에 정 사장 다방에도 가봤지만 그녀를 볼 수 없었다. 그렇다고 그녀와 특별한 관계가 있는 것도 아니어서 만나자는 약속을 할 수도 없었다. 그냥 겨울처럼 자연스레 고스톱판에서나 어울리기를 바라고 있었지만, 막 사과꽃이 피는 농사철이라 비가 오지 않는 한 고스톱판이 벌어지기는 어려웠다.

그런데 그녀가 차를 몰고 손수 찾아오니, 그것도 두 번씩이나 찾아오니 횡재도 이런 횡재가 없었다. 김지연의 꿈을 꾸지 않아도 될 것 같은 현실이 다가온 것이다.

농약 냄새를 좋아한다더니 정말 약 냄새 맡으러 다니나…?

박 원장이 손을 흔들자 그녀는 목에 두르고 있던 보라색 머플러를 풀어서 창밖으로 흔들었다. 그리고는 그가 약을 치는 모습을 한동안 지켜보더니 다시 빵 하고 짧게 경적을 울렸다. 그는 황급히 울타리 쪽으로 갔다.

"바쁘지 않으면 보현산 쪽에 땅 보러 가는데 같이 가실래요?"

아니, 이 여자가 정신이 있는가? 지금 약 치는 것을 뻔히 보면서 '바쁘지 않으면' 하는 것은 무엇인가?

"예, 급한 일 아니니…."

그녀 말이라면 경우를 가릴 처지가 아니었다. 분무기를 돌리는 경운기의 시동을 끄는 것도 잊은 채 조그만 쇠붙이가 강한 지남철에 빨려 들 듯이 그만 울타리를 넘어 그녀의 하얀 승용차 안으로 들어가버렸다.

승용차 앞자리에 앉자마자 온몸을 덮쳐 오는 것은 진한 그녀의 냄새였다. 그는 혼몽했다. 아니, 황홀했다. 대낮에 약 치다가 이게 무슨 짓인가 하는 생각도 들었다. 분명 여우에게 홀린 것 같았다. 꿈이나 꾸는 김지연의 천연여우가 아니라 서울에서 온 현실의 여우에게 홀린 것 같았다.

"아, 냄새가 참 좋습니다."

"저는 농약 냄새가 더 좋아요."

이 여자 정말 농약 냄새를 좋아하는 것일까? 잠깐 그런 생각이 스쳤지만, 그것 역시 그 진한 향수 때문에 더 이상 그의 머리에 머물러 있지 않았다. 냄새. 그것은 현실이 아닌 그 어떤 이상세계로 안내하는 문과 같았다. 지난겨울 고스톱판에서 느꼈던 그 뭔가 형언할 수 없는 그 기막힌 냄새가 재현되고 있었다.

아니래도 마누라 등쌀에 집에 불이 나든 말든 멀리 떠나버리고 싶었다. 그것이 마누라에게 가할 수 있는 점잖은 대응 수단이라 생각했다. 그가 세상에서 가장 싫어하는 소음이 마누라 잔소리였다. 마누라 잔소리에는 이상하게도 날카로운 쇳조각 같은 것이 묻어 있어서 그의 신경을 자극했다. 종종 일하다가 그 소음이 도를 넘는다 싶으면 아무리 바쁜 일이라도 내팽개치고 장터로 가버리고는 했다. 그러면 애타는 것은 마누라였다. 돈이라든지 농사에 대해 그보다는 그녀의 애착이 몇 배나 더 강하기 때문이었다.

오화정은 보현산 골짝으로 차를 몰았다. 그녀는 운전을 하면서 마치 지나는 말처럼 자신의 사업을 소개했다.

전국의 웬만한 명산엔 펜션을 가지고 있으며, 보현산 펜션도 입지 선정을 끝내고 며칠 뒤 계약을 한다고 했다. 그러면서 그에게 은근슬쩍 펜션 점장을 제의했다. 이천만 원 정도만 투자하면 펜션의 운영권은 물론 수입의 반은 가질 수 있다고 했다.

보현산 기슭에서 그녀가 계약하고자 하는 땅을 둘러봤다. 천년여우 반대쪽이었다. 정말 좋은 장소라는 생각이 들었다. 그리고는 곧바로 차를 돌려 내려왔다. 그녀는 한 손으로 운전하면서 한 손은 옆에 앉은 그의 사타구니를 더듬었다. 박 원장은 기분이 묘해졌다.

"아, 냄새 참 좋습니다."

그는 야릇한 느낌에 달리 표현할 말이 떠오르지 않아 아까 한 말을 반복했다.

"그래요. 저는 사과약 냄새가 너무 좋아요. 그리고 약 치는 사람이 너무 섹시하게 보이는데 어쩌죠?"

"나도 황홀하네요. 흐흐…."

세상에 별 취향도 다 있다. 하기야 비상약을 먹고 사는 벌레도 있고 보면 농약을 좋아하는 사람이 없으려고 생각하며 그는 긍정했다.

그녀는 산을 내려오다 말고 옆 골짜기로 들어갔다. 그리고는 보리밭 옆 으슥한 곳에 차를 세웠다. 그곳은 한낮에도 사람이 잘 다니지 않는 아주 외진 곳이었다. 그녀가 그런 곳을 어떻게 알았을까?

승용차 뒷자리로 넘어간 그녀가 박 원장에게 등받이를 젖히면서 누우라고 했다. 그가 약간은 어리둥절해하며 눕자 그녀는 목에 감고 있던 머플러를 풀어 그의 얼굴에 덮었다. 부드러운 촉감의 그녀 입술이 닿는 느낌이었다. 그는 꿈꾸고 있다고 생각했다. 순간 김지연의 얼굴이 스쳤다가 사라졌다. 그녀가 블라우스를 벗었다. 박 원장의 옷도 하나하나 벗겨냈다. 그리고는 물티슈를 뽑아 그의 얼굴부터 목, 팔, 몸통으로 닦아 내려갔다. 그의 몸은 뻣뻣이 굳어 꼼짝할 수 없었다. 그녀는 마치 시체를 염하는 장의사처럼 아주 능숙한 솜씨로 그의 몸을 닦아 냈다. 그는 꽁꽁 얼어붙는 느낌이었다. 신체 부위 중 오직 가운데 물건만 염치없이 빳빳하게 치솟아 어찌할 바를 모르고 있었다. 언제 준비했던지 랩을 찢어 그 물건 위에 덮어씌웠다. 랩이 감싸지자 그의 물건은 힘차게 꿈틀댔다. 마치 그 따위는 왜 씌우느냐 항의하듯이. 그러나 곧 그녀의 부드러운 손이 마치 물건의 주인인 듯 이리저리 쥐었다 놓았다 쓰다듬었다를 반복했다. 그러다 이내 그녀의 입 속으로 가져갔다.

"으으으…."

그가 지금껏 신음을 내기는 처음이었다.

"펜션 점장이 되면 자주 올 거지?"

그녀의 투자 제안은 지배인 겸 점장이지만, 사실상 그것은 그녀의 정부情夫이고 건물의 바깥주인이 되는 것을 의미하지 않은가? 세상에 그런 횡재가 없었다.

"응."

"얼마나?"

"한 달."

그녀가 그의 물건을 물고 있어서 마치 한 달에 한 번이라고 그에게 약속하는 것이 아니라 그의 물건에게 약속하는 것 같아 그는 기분이 더욱 야릇했다. 그러나 그러면 어쩌랴. 사실 자신보다 더 확실한 것이 자신의 물건이라는 생각도 들었다. 그녀가 그의 물건을 입에 물고 한 약속이니 세상에 무엇보다 진실성이 있을 것이리라. 뭐 잡고 맹세한다더니 세상에 뭐 물고 맹세하는 꼴이었다. 그의 물건도 거기에 호응하듯 끄덕끄덕 알았다는 시늉을 반복했다. 그는 더 힘을 주려 했지만, 이미 그곳은 그의 의지와는 상관없이 움직였다.

사실 너무 흥분되어 약속이니 뭐니가 아니라 그 상황에서 그는 확실히 그녀의 종이 되어도 좋다는 느낌뿐이었다.

"내 빨리, 아니 내일 당장 입금시키겠…."

거꾸로 그가 다짐을 했다. 말이 채 끝내기도 전에 그는 더 이상 상황을 끌고 갈 수 없어 그대로 하얗게 뿜어내고 말았다. 그의 물건은 금방 풀이 죽어버렸다. 그녀는 휴지를 몇 장 뽑아 그의 아랫도리 쪽으로 던졌다.

그는 다음날 농금조합에 이천만 원 대출받아 꼭 입금시키겠노라고 거듭 다짐을 했다.

"이노메 인간이 약 치다 말고 어디 갔노?"

달달달…. 경운기의 약 치는 기계는 혼자 돌아가고 있었다. 기계 소리가 힘이 빠져 더운 김을 푹푹 내쉬는 걸 보면 남편이 자리를 비운 지 꽤 오래된 것 같았다. 혹시 뒤가 급해 근처 논두렁 뒤에 가서 끙끙거리고 있지 않을까 대구댁은 과수원 울타리를 넘어 논둑 근처를 살펴봤다.

"아 아부지, 거 있는교?"

여전히 주변에는 아무 인기척도 없었다.

하기야 겉치장 꾸미는 데는 둘째가라면 서러워할 인간인데 아무리 뒤가 급하기로 논두렁에 실례를 할 리가 없지….

그래도 혹시나 하는 마음에 논두렁 끝 비탈 밭까지 가보았다. 대구댁은 그렇게 생각한 자신을 나무라며 과수원으로 다시 돌아왔다. 창고에서 묵은 사과꼭지를 따고 있을 동안 집으로 들어와 자고 있지나 않을까 집 안을 살펴봤다.

귀신 곡할 노릇이다. 이 인간 정말 어딜 갔단 말인가?

대구댁은 하는 수 없이 마을을 나섰다. 꼭 지금 남편을 찾아야 하는 것은 아니지만, 약을 치다가 시동까지 켜놓고 사라진 것에 뭔가 좋지 않은 일이 일어날 것 같은 예감 때문이었다.

이장네 집에도, 철이네 집에도 남편은 없었다. 그렇다면 갈 곳은 뻔했다.

대구댁은 장터까지 가보기로 한다. 장터 입구 미장원 유리창으로 허적허적 걸어가는 자신의 모습이 비쳤다. 몸빼바지 차림에다 머리에는 수건을 쓰고 목장갑을 낀 모습이 참 억척스럽다는 생각이 스쳐갔다.

'억척이면 어때…. 촌에 살면 촌년이고, 촌년이 다 이렇지….'

대구댁은 한 발 더 나아가 길바닥에다 엄지로 코까지 팽하니 풀었다. 그것은 그녀가 과수원에서 일하며 터득한 휴지 없이 엄지손가락 하나로 콧구멍을 들쳐 코를 푸는 기술이었다. 언젠가 남편이 그런 모습을 보고 채신머리없다고 했을 때 받아친 말이었다.

촌에 와서 살자고 한 것도 남편이었고, 과수원 농사를 짓자고 한 것도 남편이었다. 이제 와서 농사꾼이 다 된 자신을 보고 나무란다면 천벌을 받을 것이라 자신을 위로한다. 아무튼 이놈의 인간이 촌에 살면 촌놈처럼 살아야지 오히려 도시에서 살 때보다 더 멋을 부리고 다니면서 문화원 제자니 다방 아가씨니 하며 노닥거리는 남편의 바람기에 그녀의 인내에도 한계가 있었다. 게다가 아무리 그래도 그렇지 약을 치다가 기계를 작동시켜 놓은 채 사라지는 행동은 그냥 둘 수 없었다. 건망증이라 보기에는 이제 환갑을 갓 넘긴 청춘이 구만 리다. 비싼 기름값은 그렇다 해도 말없이 사라진 것으로 봐서 분명 장터 다방에 갔을 것이고, 다방이면 젊은 아가씨들과 노닥거린다고 생각하니 체면이고 뭐고 따질 겨를이 아닌 것이었다.

대구댁은 한 번 더 길바닥을 향해 코를 풀었다.

아무리 장이 서지 않는 무싯날이라고 해도 명색이 장터인데 사람 하나 보이지 않았다. 늘 지나던 길이지만 사람 없는 장터가 퍽 낯설게 느껴졌다. 그런데 어디선가 흘러간 7080 옛 노래가 흘러나온다.

영다방이었다.

문까지 반쯤 열려 있었다. 둘다섯인가 하는 가수의 노래가 흘러나왔다. 대구댁이 처녀 시절 좋아했던 노래였다. 안쪽을 기웃거렸지만 자세히 볼 수는 없었다. 남편이 장터에 갔다면 있을 곳이라고는 열에 아홉은 다방일 것이다. 하지만 조그마한 시골 장터라도 다방이 대여섯 곳이나 되었다.

그래도 영다방 구석 자리에 남편이 있을지도 모르니 안으로 들어가 볼까 하다가 발길을 멈췄다. 순간 자신의 차림새가 너무 아니다 싶었다. 아무리 억척 촌년이라지만 경우는 있는 것이다. 그렇다고 다방에 들어가지 않으려면 용감하게 장터까지 올 이유가 없다 생각하니 얼핏 판단이 서지 않았다. 오히려 다방 앞에서 서성이고 있는 모습이 더 남사스럽게 느껴졌다.

에라, 눈을 한번 질끈 감고 반쯤 열린 문을 밀고 들어갔다. 다방 안은 옛날에 수도 없이 들었던 '긴 머리 소녀'만 흐르고 있을 뿐 아무도 없었다. 인기척에 그야말로 긴 머리 소녀 같은 아가씨가 껌을 쩍쩍 씹으며 나왔다.

"어떻게 오셨어요?"

차를 마시러 온 손님이 아니라는 걸 한눈에 알아봤다는 듯 다소 심드렁한 말투였다. 다시 말하면 '당신 잘못 왔소' 하는 표정이었다.

"저, 남촌 선생님이라고…."

내키지는 않지만 다방 아가씨 앞에서 '남촌 선생'이라는 말이 자기도 모르게 튀어나왔다. 그러나 그 긴 머리 아가씨의 뻣뻣한 태도에 대구댁의 말투는 풀이 꺾여 조심스러웠다.

"보시다시피."

긴 머리 아가씨는 양팔을 벌려 어깨를 들썩였다.

대구댁은 얼굴이 화끈 뜨거웠다. 자신을 비웃거나 얕잡아보는 것이 분명하다고 생각했다. 평소 거들떠도 안 보던 다방 아가씨에게 무안을 당하니 슬그머니 화가 치밀어 올랐다. 그렇다고 맞서 다툴 상황은 아니었다.

그나저나 남편이 거기 오지 않은 것은 사실이었다. 그 아가씨 태도를 나무랄 수는 없었다. 아무리 장터라지만 농번기에, 그것도 벌건 대낮에 어느 한가한 한량이 있어 다방에 죽치고 있겠는가? 낮 시간에는 논에서 밭에서 휴대폰으로 커피를 배달시켜 이른바 논두렁 카페가 펼쳐지는 것이 요즈음 풍경이었다. 빨갛고 파란 원색의 짧은 치마를 입고 커피통을 든 늘씬한 다리의 아가씨들이 엉덩이를 이리저리 흔들며 이 논두렁 저 논두렁을 다니는 꼴은 정말 눈 뜨고는 볼 수 없는 꼴불견이었다. 대구댁은 그런 모습을 볼 때마다 속이 메슥거려 코를 팽하니 풀고는 했다.

"저 배달 가야 돼요."

아니나 다를까 긴 머리 아가씨는 또 어느 논두렁을 휘저으려는지 배달 보자기를 들고 있었다.

그 바람에 대구댁은 밀려나듯 밖을 나왔다.

"음— 어디로 갔을까…"

김정호의 '하얀 나비'로 바뀐 다방의 7080 노래가 그녀 뒤를 따라 나왔다. 노래마저 자신을 놀리는 것 같았다. 대구댁은 다방을 향해 한 번 더 코를 팽하니 풀었다. 그나마 직성이 좀 풀리는 것 같았다.

후끈한 바람이 그녀의 몸빼바지를 훅 감고 지나갔다. 아직 여름은 멀었지만 온몸에 땀이 흥건했다. 장터 한가운데서 이방인이 된 듯한 느낌이었다. 그 마당에 대여섯 곳이나 되는 장터 다방들을 다 돌아다닌다는 것은 엄두가 나지 않았다.

3.

사과꽃은 한창을 지나 떨어지기 시작했다. 바람이 조금만 불어도 함박눈처럼 흩어져 내렸다. 이럴 때면 일손이 더욱 바빠진다. 그런데 동네 사내들이 왕창 사라져버렸다.

박 원장도 이장도 철물점 주인도 모두 그 바쁜 시기에 온다 간다 말도 없이 사라져버린 것이었다. 박 원장이야 그런 일이 종종 있어 왔지만, 동네 밖을 잘 벗어나지 않는 이장이나 일 년 내내 마네킹처럼 제 점포를 지키는 철물점 주인까지 없어진 것은 뜻밖이었다. 자주 얼굴을 접하는 사내들 중에 새댁네 신랑만이 이웃 마을에 일하러 간 것이 확인되었을 뿐이었다. 김 집사, 이장네, 철이 엄마, 새댁 들이 이리저리 수소문하다가 내린 결론은 보현산 '천년여우'였다.

"이년, 정말 천년 야시네."

이장네가 혀를 찼다.

"내싸 마 인자는 더 못 참는다!"

김 집사가 팔을 걷어붙였다.

"이러다가 동네 남자 씨 말리겠다."

철이 엄마도 입에 거품을 물었다.

그녀들은 다시 한 번 새댁네 트럭에 올라탔다.

그 시간 동네 사내들은 보현산 자락에 있었다. 하지만 그들은 '천년여우'가 아니라 건너 골짜기 '오두막' 앞뜰에서 씁쓸한 막걸리를 마시고 있었다. 그들은 그들의 마누라들이 생각하는 것보다 훨씬 기막힌 일로 잔을 기울고 있었다. 거기에는 같은 동네 세 사람 외에 교회 살림꾼 홍 장로도 있었고, 장터에서 식당과 다방을 하는 정 사장도 있었다. '돈에 속고 사랑에 울고' 하는 무슨 유행가 가사처럼 그들의 처지가 그렇게 되어버린 것이었다.

그날은 오화정 사장과 펜션 사업을 마무리하기로 되어 있었다. 이미 이천만 원 입금한 펜션 사업뿐 아니라 은근히 애정 행각과 같은 '꿈이여 다시 한 번'을 기대하고 있었다. 박 원장은 기다리고 기다리던 그날 그 시에 서둘러 약속 장소인 보현산 자락의 새로 생긴 카페로 갔다. 그런데 엉뚱하게도 낯익은 얼굴이 보여 적잖이 당황했다. 옆집 이장이 턱하니 앉아 있었다.

"자네가 여기 웬일인가?"

"그건 내가 할 소리네. 약이나 안 치고 자네가 이 시간에…?"

그뿐이 아니었다. 철물점도 나타났고 교회 홍 장로와 정 사장도 문을 열고 들어왔다. 모두들 어, 어… 하며 당황과 혼란에 어리둥절해하고 있었다. 그러나 정작 오화정 사장은 보이지 않았다. 그들에게 불안한 기운이 돌기 시작했다.

"형님들 혹시, 오 사장 만나러 온 거 아인교?"

그중 가장 나이가 어린 장터 정 사장이 확인에 나섰다.

"어, 자네가 그걸 어떻게 아노?"

박 원장은 뭔가 짚이는 게 있었다.

"나도 오 사장 만나러 왔다 아입니꺼."

아, 모두 뒤통수를 한 방 맞은 것 같은 충격에 할 말을 잃어버렸다. 그들은 서로가 같은 처지라는 사실을 곧 알아차렸다. 모두 오화정에게 펜션 점장과 수익금 반이라는 제의를 받고 몇 천만 원씩을 투자했다.

"그럼 우리 사기당한 거네!"

정 사장이 빠르게 결론을 내렸다.

"이러고 있을 일이 아니라 빨리 지서로 가서 신고하고 그년을 잡아야지!"

그들이 우왕좌왕 산을 내려가려는데 정 사장이 급히 손을 내저었다.

"형님들, 소용없심더. 우리 모두 이렇게 한자리에 모아놓은 걸 보면 확실히 당했뿌렀심더."

완벽하게 사기당한 것이었다. 박 원장은 착실하기 그지없는 홍 장로까지 옆에 있는 걸 보며 혀를 찰 수밖에 없었다.

"그런데 홍 장로, 우린 그렇다 해도 장터 출입조차 않는 자네가 여긴 어인 일이고?"

"모르겠심더. 어쩌다 이리 됐는지…."

홍 장로는 이천만 원이라는 돈보다 그 일이 소문날 것을 더 두려워하는 것 같았다. 홍 장로뿐 아니라 모두가 그랬다. 여자에게 사기를 당했다는 것, 아니 여자와 부끄러운 관계까지 동네 소문이 나면 마누라 성화도 성화지만 망신도 그런 망신이 없었다. 다행히 그들은 서로가 잘 아는 사이라 입만 맞추면 소문만은 막을 수 있을 것 같았다. 그러나 소문도 소문이지만 큰돈과 연정戀情

을 사기당했다는 충격에서 쉽게 벗어날 것 같지 않았다.

그냥 털레털레 집으로 내려갈 수는 없었다. 집에서 일들이 아무리 바빠도, 마누라들이 난리굿을 한다 해도 그냥 산을 내려갈 수는 없었다. 모두 오두막집으로 가 쓴 막걸리를 마시며 허탈함을 달래고 있었다. 누구누구 처지를 따질 상황이 아니었다.

"자네도 약 치다가 불려갔나?"

박 원장이 이장에게 물었다.

"약 치는 남자가 멋있다며 꼬리치는데 어쩌겠노…."

"그 여자, 정말 농약 냄새 좋아할까요?"

그 상황에서도 술을 입에 대지 않는 홍 장로는 여전히 지옥문 앞에 있는 죄인처럼 물었다. 그것은 아무도 대답할 수 없었다. 그녀가 차로 불러내 불당골로 간 것은 약 치는 세 사람이었고 나머지 장사하는 두 사람은 그냥 사기를 당했기 때문이었다.

"야, 뭐 빨리고 돈 빨리고, 이게 무슨 꼬라지고?"

"그것만 빨렸냐? 마음도 혼도 다 빨렸는데…."

박 원장 말에 이장이 허탈하게 웃었다.

"그래도 형님들은 뭐라도 빨리고 돈을 날렸지만, 정 사장하고 나하고는 꼬라지가 이게 뭔교?"

깐깐한 철물점이 억울한 듯 항변했다.

"야, 그럼 장사하는 놈하고 농사짓는 놈이 같은 줄 알았냐?"

그 와중에도 이장은 잘난 농사 타령을 했다.

"세상이란 속고 속이는 것…."

박 원장은 허공으로 담배 연기를 날리며 건너 계곡 '천년여우' 쪽을 봤다. 그래도 김지연은 순수한 여자라는 생각이 들었다.

"어떻게 하든 잡아서 작살을 내야지요."

철물점은 아직도 오화정을 잡을 수 있다는 믿음을 가지고 있는 것 같았다.

"작살? 웃기지 마소. 오 사장은 정말 완벽한 프롭니더. 우리 같은 촌놈들이 어떻게 할 수 없는…. 굳이 이야기한다면 재수가 없었다고나 할까요?"

모두가 정 사장의 말에 동감하는지 갑자기 조용해졌다.

산벚꽃들만 그들의 머리 위로 흩날리고 있었다. 사과꽃을 닮은 무심한 그 꽃잎들이 참 서글프게도 보였다.

그들이 잠시 말을 잊고 건너다보는 계곡 아래로 진짜 사과꽃 향기를 몸에 가득 묻힌 그들의 아낙들을 실은 고물 트럭이 그녀들보다 더 씩씩거리며 올라오고 있었다. ::

바람을 위한 서시

바람을 위한 서시

십 년째 사람 하나 바뀌지 않는 편집실. 내 자리도 내 일도 내 아내의 표정도 그대로였다. 남들은 시인이라고 부러워하는 경우도 있으나 벌써 몇 년째 한 편의 시도 쓰지 못했다. 내 삶은 마흔을 넘기면서 탄력을 잃어버렸고, 웬만한 일에도 감동이 일어나지 않았다. 상상력도 고갈됐다.

나는 다시 시를 써보기로 했다. 그것은 더욱 무료했다.

아직도 시를 쓰는 사람이 있습니까?

스스로 빈정거리기도 해보지만 나는 다시 시를 쓰기 시작했다. 그것은 사실 발악이라 해도 무방했다.

몇 시간을 의자에 몸을 맡긴 채 그냥 그렇게 있었다. 흔하게 울려 대던 전화 소리는커녕 인기척도 없었다. 약간의 시장기가 있었으나 무료함을 뒤엎지는 못했다. 창에 어려 있던 노을이 사라지면서 어둠은 비스듬히 기울어진 술병 속으로 들어와 있었다. 시곗바늘은 엿가락처럼 휘어져 시간을 알 수 없었고 알고 싶지도 않았다. 무료한 인간에게 시간이란 별 의미가 없었다.

— 모모는 생을 쫓아가는 시곗바늘…

창 쪽에서 아카펠라 풍의 귀에 익은 노랫소리가 흘러왔다. 그 노래는 몇 시간 동안 거의 무념무상의 경지에 빠져 있던 나를 흔들었다.

— 모모는 방랑자 모모는 외로운 그림자…

나는 의자에서 용수철처럼 튕겨져 나왔다. 창밖을 확인했다.

25시 편의점.

낡고 어두운 골목에 25시는 환상처럼 눈부시게 밝아 있었다. 그곳은 하루 스물네 시간도 모자라 한 시간이나 더 보탠 25시였다. 나는 내 남아도는 시간들을 넘겨주기 위하여 그곳으로 갔다.

25시에는 정말 모모와 같은 아가씨가 있었다. 그러나 정작 그녀는 모모라는 노래를 듣고 있지 않았다. 청소를 하고 있었지만 귀에 꽂은 이어폰의 음악에 맞춰 춤을 추고 있는 것 같았다. 손님이 들든 말든 별로 관심이 없어 보였다. 그래도 나는 그곳에 내 무료한 시간들을 모두 풀어버리고 싶었다. 나는 까닭 없이 시간을 지체했다.

거기는 모두가 따로따로의 세계였다. 손님의 음악과 아가씨의 음악이 따로였고, 진열된 물건과 그 물건을 파는 사람과 사는 사람이 따로였고, 25시란 시간 또한 따로였다. 편의점이란 것이 손님이나 주인이나 편한 대로 사고파는 곳이리라.

내 무료한 시간들을 진열장 한구석에 풀어놓고 싶었다. 다음날도 그 다음날도 나는 똑같은 시간에 25시에 갔다. 그리고는 조금씩 내 무료한 시간들을 풀어놓고 왔다.

25시, 그 덤의 시간을 갖고 싶었다.

언제나 혼자뿐인 모모의 아가씨는 귀에 이어폰을 꽂은 채 여전히 자기 일에만 빠져 있었다. 우리는 한 번도 눈길이 마주치지 않았다. 말이라도 붙여보고 싶었으나 따로따로 분위기 때문에 그럴 수 없었다.

참으로 이상한 것은 그로부터 내 상상이 풀려나기 시작했다. 시가 되기 시작했다. 나는 그녀를 위해 시를 썼다. 밤새워 시를 썼다. 그러나 내가 쓴 시는 내 속에 들어온 그녀에 대한 설렘을 그려내지 못했다. 나는 답답했다.

무수한 원고지만 구겨지고 있었다. 그리고 화가 났다. 차라리 그림을 그리고 싶었다. 가슴 가득히 꽃을 안고 있는 그녀와 그녀의 그런 모습을 짐승의 눈빛으로 바라보고 있는 내 감정을 그리고 싶었다.

— 그대는 꽃, 나는 한 마리 순한 짐승

그것이 내가 뱉을 수 있는 최고의 시였다. 사랑을 하면 유치해진다고 했던가? 하지만 나는 유치해질 수도 없었다. 울고 싶었다. 엉엉, 소리를 내봤으나 그것은 쉰 바람소리 그 이상은 아니었다.

— 내 울음은 아닌 밤 돌개바람이 된다

문득 이런 시 구절이 스쳤지만, 그것은 이미 누군가가 만들어버린 언어였다. 하지만 누가 이미 뱉어버린 말이라 해도 무슨 상관이 있으랴. 어차피 사랑을 하려면 유치해야 하는 것. 결국 나는 시를 썼다. 꽃을 위한 서시.

나는 시방 위험한 짐승이다
나의 손이 닿으면 너는
미지의 까마득한 어둠이 된다

존재의 흔들리는 가지 끝에서
너는 이름도 없이 피었다 진다

눈시울에 젖어 드는 이 무명의 어둠에
추억의 한 접시 불을 밝히고
나는 한밤내 운다

나의 울음은 차츰 아닌 밤 돌개바람이 되어
탑을 흔들다가
돌에까지 스미면 금이 될 것이다

…얼굴을 가리운 나의 신부여

나는 흡족했다. 읽고 또 읽고, 읊고 또 읊었다. 정말 흡족했다. 여태 내가 시에 입문한 뒤 이렇듯 흡족한 적은 없었다. 그것은 누가 우긴다 해도 김춘수 선생의 시가 아니라 내 시였다. 말이란 원래 풍월風月과 같은 것이어서 누구든 가지고 노는 사람이 임자인 것이다.

그녀도 그것에 흡족했다.

잘 이해가 되지 않는다는 듯 몇 번이고 고개를 갸웃거렸지만 그녀의 가슴은 이미 시들로 출렁거리고 있었다.

내가 처음으로 시를 건네주던 밤, 꿈인지 생시인지 분간할 수 없었지만(굳이 분간한들 무슨 의미가 있으랴), 그녀는 가슴에 한 아름의 꽃을 안고서 나 혼자만 있는 작업실로 찾아왔다. 그녀는 꽃과 함께 비스듬히 기울어져 있었고, 내 몸은 마치 유영을 하듯 떠올라 짐승의 얼굴로 그녀에게 다가가 입맞춤했다.

아, 나는 황홀했고 몽롱했다.

그것은 여태 내가 한 번도 다다를 수 없었던 절정의 세계였다. 꽃 속에 파묻혀 꿀을 빠는 벌을 생각했다. 온몸에 온통 꽃가루를 묻히며 향기에 취해, 꿀에 취해 벌은 절정에 도달한다. 꽃이 있는 곳이면 목숨을 걸고 뛰어드는 벌을 이해할 수 있었다. 세상에 벌처럼 행복한 생물이 있을까?

나도 벌이 될 수 있었다.

우리는 거의 매일이다시피 한 편의 시와 한 송이의 꽃을 서로 교환했다. 그때마다 그녀는 비스듬히 기울어졌고 나 또한 배영背泳으로 떠올랐다. 세상에 뱉어져 있는 꽃을 위한 시는 모두 나의 언어였고, 나는 그 꽃의 주인이었다.

그러나, 우리는 꽃피는 시절에 만났다가 핀 꽃들이 채 지기도 전에 헤어졌다. 그녀는 갓 피어난 벚꽃처럼 아름다웠다. 그녀가 키 낮은 벚꽃나무 옆에 서면 나는 사진이라도 찍어 그 황홀한 아름다움의 순간을 영원히 멈추게 하고 싶었다.

꽃향기 가득한 사월 어느 날, 우리는 먼 바다로 가고 있었다. 목에 보랏빛 머플러를 두른 그녀는 빨간색 차를 몰고 나왔다. 그녀의 차에 올라타는 순간부터 내 모든 감각은 긴장하기 시작했다. 그것은 차를 타는 것이 아니라 차라리 그녀의 치마 속으로 기어드는 느낌이었다.

나는 몽롱했다.

우선 코끝에서 발가락 끝까지 파고드는 그 진한 향기와 그리고 그녀의 살결처럼 감지되어 오는 폭신한 의자는 나로 하여금 꽃을 안은 그녀와 입맞춤을 할 때와 같은 절정의 상황으로 빠져들게 했다.

시내를 벗어나자 그녀는 시속 120킬로미터가 넘게 질주했다. 나는 자꾸만 꿈을 꾸고 있다고 생각했다. 그 꿈은 시속 120킬로미터만큼 빠르게 흘러갔다.

나는 불안했다. 그리고 어지러웠다. 그렇듯 빠르게 질주하는 꿈을 놓치지 않으려 안전띠를 꽉 쥐었다. 그녀는 그런 내 모습을 얼핏 보더니 오디오의 스위치를 켰다. 처음 듣는 빠른 리듬의 노래였다. 무슨 뜻인지 알 수 없었다. 나는 그런 음악 때문에 더욱 불안해졌지만, 그녀는 오히려 여유로워 보였다.

— 그가 비록 실존하지는 않더라도 그건 상관없어요

왜냐하면 밤에 꿈을 꿀 때만이

내가 살아 있음을 느끼기 때문이죠.

손가락으로 가볍게 운전대를 두드리며 그녀는 노래를 따라 불렀다. 그러면서 한층 기분이 오른 듯 더욱 속력을 냈다. 주변의 모든 차가 뒤쳐져 갔다. 창밖으로 짧은 봄이 빠르게 지나가고 있었다.

내 멀미가 요동치기 시작했다.

아, 나는 결국 시속 150킬로미터에서 그만 사정을 하고 말았다. 차에 오르면서부터 가장 긴장하고 있었던 것은 내 남성이었다. 그리고 나는 바다에 닿기 전에 완전히 풀이 죽고 말았다.

바다에 닿았다.

봄이라지만 어둠이 밀려오는 바닷가는 꽤 쌀쌀했다. 우리는 한동안 언어를 잊어버린 채 서로의 체온에 기대고 있었다. 쉼 없이 밀려오는 파도 소리가 우리의 언어를 대신해 속삭이고 있었다.

나는 파도 소리에 기대어 나직이, 그리고 조심스럽게 언어를 뱉어냈다. 하지만 내가 뱉은 언어는 너무 조잡스런 것이었다. 사람이 사람과 사귀면 상대를 알고 싶어하는 것은 당연했다. 내가 조심스러워했던 것은 그녀가 그런 일상의 언어를 별로 좋아하지 않았기 때문이었다. 그래서 나는 간접화법으로 궁금증을 노크할 수밖에 없었다.

나에 대해서 알고 싶은 것 없어?

알고 있어요.

뭘 알고 있는데….

시인이잖아요.

나는 허탈했다. 아니, 의아스러웠다. 사랑한다는 것은 곧 관심이지 않는가? 그녀는 나에 대해 관심이 없는 것 같았다. 그렇다면 왜 날 만나는 것일까? 정말 단순히 좋아하는 것일까? 아니면 세대 차이에서 오는 사랑의 방법이 다른 것일까? 나는 그것을 확인하고 싶었다.

나는 시인이라는 사실을 별로 내세우고 싶지 않아.

그럼 내게 뭘 원하세요?

나는 그만 그 공격적인 질문에 할 말을 잊어버렸다. 나는 정말 그녀에게서 뭘 원하고 있는지 멍해버렸다. 갑자기 바보가 된 느낌이었다. 그런 면에서 나는 너무 서툴었다. 내게 사랑이란 언제나 느낌만 있고 언어는 없었다. 인간과 인간 사이를 재단하는 그런 언어가 내게는 준비되어 있지 않았다.

왜 날 만나지?

나는 못내 그 바보 같은 질문을 하고 말았다.

좋으니까요.

그녀의 표정 속에서 나는 우스워지고 있었다. 좋으면 좋은 것이지 거기에 무슨 이유가 있어야 하느냐는 듯했다.

시인에 대해선?

그냥 시인이죠, 뭐.

그래, 그것도 그런 것 같았다. 시인이면 시인이지, 그가 왜 시인이고 언제 어디서 무엇을 어떻게 쓰느냐 하는 것 따위를 따질 필요는 없지 않은가? 지나가는 사람들을 현상만 보지 않고 속옷은 어떤 걸 입었으며 왜 우울한 표정을 짓고 있는가 등을 일일이 생각하다 보면 이렇듯 복잡한 세상을 살아갈 수 없을 것이다. 결국 내가 뱉은 언어는 실수투성이였다. 나는 내 실수를 인정했다.

차라리 나는 시를 읊었다.

그녀가 내게 다가오는 유일한 길이 꽃이듯이 내가 그녀에게 다가갈 수 있는 유일한 길은 시뿐이었다. 감정의 공유 없이 시가 우리 사이를 잇는 유일한 끈이라는 사실은 정말 아이러니가 아닐 수 없었다.

꽃이 되려면 말야…. 그러나 기다릴 줄도 알아야 하겠지. 꽃봉오리가 맺힐 때까지

처음에는 이파리부터 하나씩 하나씩 세상 속으로 내밀어보는 거야….

모모는 잠잠했다.

그것은 침묵이 아니었다. 내 언어에 대한 그녀의 반응 수단이었다. 내 말뜻을 안다는 것인지 모른다는 것인지, 이해한다는 것

인지 못한다는 것인지. 그러나 분명한 것은 내가 모모에게 시를 건네주든 시적인 언어를 내뱉든 그녀는 정성껏 받아들였다. 만약 내가 그녀의 태도에 대해 갑갑해서 일상의 언어를 쓰면 그녀는 곧 고개를 돌려버렸다.

나는 그녀에 대해 아는 것이 없었다. 성과 이름조차도 모른다. 그래서 그녀는 모모다. 그것은 결코 내 관심이 부족해서가 아니었다. 그녀는 그런 것을 거추장스러워했다. 내가 그녀를 모모라 하는 것처럼 그녀는 나를 '아찌'라 부른다. 하지만 그 아찌라는 명칭은 사실 그녀가 달리는 차 속에서 따라 불렀던 노래처럼 그녀만이 꿈꾸고 살아가는 공간에서 존재하는 대상이다. 현실의 세계에서 나라는 존재는 실존하지 않더라도 상관없었다. 이를테면 나는 어디까지나 그녀가 꾸는 꿈속의 존재와 같은 것이다.

나는 그 점이 늘 불만이었다. 그렇다고 항의를 할 수도 없었다. 왜냐하면 나는 아직 그녀에게 모모라는 이름을 불러보지 못했기 때문이었다. 모모 역시 현상, 곧 내 세계에서 그녀의 이름일 뿐이었으니까. 나는 그녀에게서 모모가 아닌 다른 실재의 이름을 불러주고 싶었다. 또한 그녀에게도 역시 아찌 대신 내 실재 이름이 불리고 싶었다.

그러나 그것은 불가능했다. 우리가 유일하게 공유할 수 있는 것은 현상, 곧 꽃이나 시뿐이었다. 시는 꿈과 같은 현상의 언어이다. 그래서 시인들은 현상에 집착한다. 나도 모모라는 현상을 쫓고 있었다. 하지만 나는 모모와의 관계에서 일상의 언어를 뱉고 싶었다.

꽃이 무엇이며, 기다림이 무엇이며, 이파리를 하나씩 내미는 게 어떤 것인지….

우리 사이와 구체적으로 연관시키고 싶었다. 그러나 그러한 시도는 언제나 나의 서툰 언어 때문에 늘상 실수를 거듭하고 말았다. 결국 나는 안도현의 꽃을 설명하지 못하고 말았지만, 단 하나 놓칠 수 없는 위안은 세상 사람들이 뭐라 해도 나는 그녀에게서 진정한 시인이었다. 아니, 그것은 사실 가장 큰 기쁨이었을지도 모른다. 이 각박한 세상에서 시로써 말할 수 있는 사람이 있다는 것은 그나마 큰 다행이 아니겠는가?

그날 밤늦게 우리는 도시로 돌아와 어느 록카페로 갔다.

그곳은 카페라기보다는 차라리 바다였다. 수면에 폭풍이 몰아치고 있는 바다였다. 그 폭풍의 물결이 깊은 바닷속까지 밀려와 모든 악기와 탁자와 술병 들을 미친 듯이 흔들어 댔다. 중력이 사라져버린 그곳은 모두 흐느적거리는 물고기의 세상이었다.

나는 그녀와 함께 춤을 출 수 없었다.

그녀는 곡예사가 그네를 타듯 춤을 추었다. 발은 공중을 향하고, 너울대는 긴 머리카락은 꽃나무가 되어 화사한 꽃을 피우고 있었다. 하지만 꽃은 향기가 없었고 음악은 핏기가 없었다. 컴퓨터와 신시사이저, 시퀀스, 드럼머신, 샘플러, 미디 등의 기계가 만들어 내는 단순한 주기의 리듬, 똑같은 주파수의 음들이 한없이 반복되고 있었다. 술도 마시지 않은 그들은 그 음악의 최면에 걸린 듯 흐느적거렸고, 내뱉는 가사는 도무지 뜻을 알 수 없었다.

나는 술을 마시면서 그 분위기에 동화되려고 애를 썼다. 술 탓이었을까, 음악 탓이었을까, 나는 어지러웠다. 탁자에 턱을 괸 채 담배를 빼물며 그들이 주문처럼 중얼거리는 가사를 낚시했다. 하지만 내가 드리운 낚시의 찌는 그들의 춤보다 더 흐느적거렸다. 그러다 마침내 몇 개의 낱말들을 건져 올렸다.

자연의 힘은 사라져가…
난 기계의 힘을 더해가지…
기존의 개념은 사라진다…
고정관념은 고리타분해…

그녀는 물결이 흔들리는 대로 그들과 함께 흘러 다녔고, 나는 자꾸만 바닷속으로 가라앉았다. 그곳은 정말 이상한 바다였다. 광풍이 몰아치는 수면 아래의 거대한 서커스장이었고, 나는 혼자서 탁자를 지키는 짐승일 뿐이었다. 그리고 어지러웠다.

아니, 나는 차라리 비행기를 타고 있었다.

어느 유원지에서 어지럽게 돌아가는 회전 비행기를 딸애와 같이 타고 있었다. 비행기가 빨리 돌아갈수록 딸애는 신이 난 듯 소리를 질렀고 나는 어지러워 눈을 감았다. 어지러움과 혼동 속에서 나는 한없는 맨홀 아래로 곤두박질치고 있었다. 그것은 캄캄한 지옥의 세상이었다. 이윽고 비행기가 멈췄다. 딸애는 만세를 불렀지만 나는 땅에 꺼꾸러져 속에 있는 것을 모두 토해냈다.

그때 내 머릿속을 맴돌고 있던 것은 탈출을 포기한 한 마리 비둘기의 눈빛이었다. 언젠가 나른한 오후 편집실로 느닷없이 날아든 비둘기 때문에 한바탕 소란이 벌어졌다. 창문을 다 열어젖히고 비둘기를 쫓아냈으나 여러 번 유리창을 들이박은 비둘기는 마침내 날기를 포기한 채 캐비닛 위에서 움직이지 않았다. 그때 나는 방향을 잃어버린 그 멍한 비둘기의 눈빛을 보았다. 어딘가 많이 본 듯한 매우 낯익은 눈빛이었다. 모모의 세계에서 나는 감각을 잃은 비둘기였다.

모모는 시간이었다. 무지개와 같은 시간이었다. 나는 그 무지개를 따라가는 시곗바늘에 불과했으므로 그녀를 결코 잡을 수 없었다. 그녀를 쫓아가면 쫓아갈수록 멀미만 더할 뿐이었다. 하루하루는 시계의 짧은 바늘처럼 느리게 가지만 한 달은 초침보다 빠르게 지나간다. 곧 시간은 느리지만 세월은 빠르다. 돌이켜보면 모모와 지낸 지난 한 해는 그 모순의 절정이었다. 결국 모모는 환상이었고, 봄날의 짧은 꿈이었다. ::

돼지
사냥꾼

돼지 사냥꾼

사랑과 사냥은 어감으로 보나 내용으로 보나 비슷한 데가 많다. 사냥의 근본은 사냥감을 포획하는 것이다. 사냥감을 포획하기 위해서는 기술이 필요하다. 사랑을 잘하는 데도 기술이 필요함은 물론이다.

그런 기술이 뛰어난 사람을 '꾼'이라 한다. 물론 사랑을 잘하는 사람과 사냥을 잘하는 사람이 같지는 않다. 아마 원시 수렵시대에는 같았을지 모른다. 그때는 사냥을 잘하는 사내가 여성들로부터 인기가 있었을 테니까.

그런데 나는 우연히 원시 수렵시대에나 있을 법한 두 분야에 모두 뛰어난 '꾼'에 관한 이야기를 들을 수 있었다.

지난겨울 사냥을 좋아하는 친구를 따라 산돼지 사냥에 나섰다. 우리는 하루 종일 돼지 그림자도 보지 못하고 산을 헤매다가 보현산 남쪽에 있는 영천댐 호수 쪽으로 내려왔다. 인근 어느 매운탕 집에서 저녁을 먹으며 하루 저녁을 보냈다. 그 집에서 다른 사냥꾼 일행을 만났다. 제법 이름난 사냥꾼들이라 했다. 나는 그를 보는 순간 깜짝 놀랐다. 삼십여 년 만에 만난 고등학교 동기생이었다.

그 친구는 축구나 야구 등 운동을 잘했고, 노래도 곧잘 불렀으며, 특히 입심이 좋아서 인기가 대단했다. 그런데 삼학년 초 어느 사이비 종교에 깊이 빠져 홀연히 자취를 감춰버렸다. 그런 그가 사냥꾼의 세계에선 제법 알려진 인물로 내 앞에 나타난 것이었다.

그는 자연스럽게 우리와 어울렸다. 술자리는 그가 합석함으로 훨씬 화기애애해졌다. 그는 아직도 그 왕성한 입심으로 사냥에 지쳐 있던 우리를 즐겁게 해주었다. 그래서 술도 제법 많이 마셨다. 술기운이 얼큰해지자 그의 놀라운 '사냥꾼' 이야기가 시작되었다. 평생 외간 여자라고 해야 기껏 노래방 도우미 손목 한두 번 잡을 정도인 우리 같은 범부들에게 마치 산돼지 사냥하듯 여자를 사냥하는 연애 이야기는 우리를 매료시키기에 충분했다. 어쩌면 그것이 자신의 이야기인지 아니면 정말 주변에 그런 꾼이 있는지, 그도 아니면 워낙 입심이 좋은지라 자신이 지어낸 이야기인지는 알 수 없었다.

우리는 밤이 이슥하도록 간간이 해설과 평까지 덧붙인 그의 이야기에 푹 빠져 있었다. 특히 그날 그가 목에 핏대를 세웠던 것은 여자와 돼지가 동일하다는 부분이었는데, 그 자리에 페미니스트가 있었다면 아마도 그는 온전할 수가 없었을 것이다. 다만 생생한 그의 육담을 소설이라는 양식으로는 그대로 담아낼 수 없다는 것이 무척 아쉬울 따름이다. 지금껏 소설을 쓰면서 나는 처음으로 소설이란 양식이 너무 제한적이고 너무 젊잖다는 사실을 알았다.

그의 이름은 백수다. 한자로 쓰면 많은 사람 중에 뛰어나다는 뜻의 백수白秀다. 닉네임은 '노련한 짐승'의 뜻으로 백수白獸라 쓰지만, 지인들은 농담을 섞어 백수건달을 줄여 백수白手로 부른다. 따라서 그는 사냥 시즌에도 백수白獸요, 사냥 시즌이 아닐 때에도 백수白手이며, 이도 저도 아니래도 어차피 백수白秀인 것이다.

그는 한 해를 사냥 시즌과 야구 시즌 두 철로 나눈다. 11월부터 이듬해 2월까지 사냥철에는 산돼지를 잡아 돈을 벌고, 3월부터 10월까지 야구 시즌에는 그 돈을 소비한다. 경제적으로 보면 생산과 소비로 나눌 수 있지만, 사냥의 측면에서 보면 산돼지와 집돼지 사냥으로 나눌 수 있다. ―그는 연애하는 것을 집돼지 사냥이라고 한다.— 그렇게 보면 같은 돼지 사냥이어서 서로 다른 기술을 연마할 필요는 없었다. 그저 산돼지와 집돼지 사냥의 차이가 있을 뿐이다.

그가 그렇듯 둘에 몰입하는 것은 그럴 만한 이유가 있었다. 잘나가는 회사에서 비교적 안정된 생활을 하고 있던 그는 조기유학 붐으로 기러기 아빠가 되었다. 얼마 지나지 않아 미국 간 마누라는 바람이 났고, 이혼을 했다. 게다가 다니던 직장의 구조조정으로 이른 나이에 백수白手가 되고 만 것이다. 하루아침에 정말 이름처럼 완전 백수의 신세가 되어버린 것이었다. 게다가 혼자뿐이었다. 그래선지 야구에 거의 광적으로 빠져들었다. 문제는 야구 시즌이 끝났을 때 오는 정서적 공허함이었다. 그때 그에게 새로운 시즌이 하나 다가왔다. 그것이 바로 산돼지 사냥이었다. 산돼지 사냥에서 꾼이 되면서 자연스레 연애에도 꾼이 되었다. 최소한 그에게 있어서 그 둘은 같은 작업일 뿐이었다.

산돼지 사냥은 산에서 하고, 집돼지 사냥은 야구장에서 한다. 야구장은 언제나 쫓고 쫓기는 팽팽한 긴장감이 지속되는 곳이기 때문에 사냥이라는 속성이 근원적으로 꿈틀대는 최고의 사냥터인 것이다. 시즌이 오픈되면 백수가 가장 먼저 하는 것은 고사를 지내는 일이었다.

그날, 특히 바람이 없는 날이면 가느다란 무채색의 연기가 그의 집 뒷마당에서 솟아올랐다. 이어서 노릿한 냄새가 여기저기로 퍼져나갔다. 작은 고사상에 올려진 돼지머리는 죽어서도 행운을 비는 듯 부처 같은 미소를 머금고 있었다. 지난 사냥에서 잡은 것 중 최고의 산돼지였다. 그 산돼지의 머리와 생식기를 냉동 보관했다가 야구 시즌이 오픈되는 날 고사의 제물로 바치는 것이다. 사냥꾼들이 대개 미신이 심하다지만 그는 사냥복 여기저기에 부적을 붙이고 다닐 정도였다.

백수가 지내는 고사는 응원하는 롯데의 좋은 성적과 멋진 여자를 만날 수 있도록 비는 의식이었다. 이러한 의식은 사냥철이 시작될 때도 행해졌다.

그리고 야구 시즌이 끝나면 다시 산으로 간다. ―마누라야, 잘 살아라. 아들아, 행복해라.― 이제는 스스로의 삶에 만족함으로, 갈라선 아내나 제 엄마에게 양보한 아이들에 대해서도 아주 객관적으로 행복을 빌 수 있었다. 그런 결단에 대해서도 스스로 대견스러워했다. '긁지 마라. 그리고 인정하라'는 그의 좌우명이 결국 그로 하여금 불행하도록 버려두지 않는다는 믿음이었다.

사냥은 발 보기, 곧 발자국을 찾는 것에서 시작된다. 발을 찾는 데는 코가 발달된 개가 최고다. 그래서 사냥에는 첫째가 개이고, 둘째가 다리이며, 셋째가 총이라는 말이 있는 것이다. 백수는 여자를 사냥하는 데도 개를 이용한다. 이 부분이 백수가 여타

꾼들과 다른 점이다. 그의 이론에 따르면 '남자를 원하는 여자는 페르몬이라는 고유의 냄새를 풍긴다. 그 본능적 감각을 인간들은 잃어버렸다. 그런데 영리한 개들을 훈련시키면 인간에겐 이미 퇴화되어버린 냄새를 맡을 수 있다는 것이다.

야구장으로 가는 그의 가슴은 언제나 첫선을 보러 가는 숫총각처럼 가슴이 설레었다. 물론 아끼는 집돼지 사냥개 발발이와 함께였다. 발발이는 새끼 고양이처럼 작아서 주머니에 넣고 다닐 수 있다. 얼핏 평범한 애완견처럼 보일지 모르지만, 고도로 훈련된 사냥개다. 발발이는 사냥감 찾기인 발문에 최고수다. 암癌을 알아내는 개처럼 주인이 사랑할 여자를 기막히게 알아낸다. 그가 한 시즌 산돼지 사냥으로 번 돈을 몽땅 투자해 샀다. 비싼 만큼 어떤 여자가 사냥감인지 정확하게 알도록 훈련이 되어 있다. 마치 상대편이 자신을 원하는지 아닌지를 3초 이내에 정확하게 판단한다는 보노보 원숭이처럼 말이다.

탐색 단계인 발 보기에서 발발이는 주인의 의도까지 알고 사냥감인 대상 여자를 찾아낸다. 일단 사냥감을 찾으면 그 여자 쪽으로 튀어가서 아양을 떤다. 그러면 여자는 개를 끌어안고 머리를 쓰다듬으면서 개의 주인에 대해 호기심을 갖는다. 그 사이 그는 여자의 몸에서 일어나는 미세한 변화를 찾아낸다. 그것은 발발이 코로도 알아내지 못하는 그만의 노하우라고 할 수 있다. 손가락이나 콧구멍, 귓불, 입술, 심지어 머리카락 같은 것의 떨림이나 변화를 보는 것이다. 그것은 너무 미세하기 때문에 보통 사람들의 눈으로는 절대 볼 수가 없다. 그것이 그의 숙련된 사냥법이다.

쉽든 어렵든 사냥에는 야구의 타율처럼 포획 성공률이란 것이 있다. 연애 성공률은 야구 경기 방식을 그대로 대입한다. 타석은 야구장 지정석 옆자리 손님으로 시작한다. 옆자리 손님은 투수가 던지는 공에 해당된다. 그 손님이 남자인 경우는 두말할 필요 없이 삼진 아웃이며, 여자는 일단 스윙이다. 여자 가운데도 나이가 어린 소녀나 나이가 많은 할머니급은 파울 플라이 아웃, 아줌마는 내야 플라이 또는 까다로운 타구 아웃이며, 아가씨는 안타가 되는 것이다. (어디까지나 가능성의 미학에서는 아가씨가 안타가 될 수밖에 없다.) 그 아가씨도 미모의 정도에 따라 1루타, 2루타, 3루타의 등급이 매겨진다. 작업이 잘되어 2차를 간다든지 애프터가 실행되면 타점이 올라간다. 아가씨와 아줌마를 구별할 수 없는 어중간한 경우를 야수 선택이라 하는데, 요즈음은 아가씨와 비슷한 아줌마급이 많아서 특히 야수 선택이 빈번했다.

지난 사냥 시즌에서 산돼지 80여 마리를 잡았으니 3할쯤 되는 좋은 성적이었다. 그래서 이번 야구 시즌 연애 사냥에서도 3할 정도의 성적을 기대하고 있었다. 물론 여자는 포획이라는 개념과 같을 수는 없다. 위에서 말하는 타점이 있어야 하는 개념이다.

아무튼 백수의 기대에 부응하듯 몇 년째 바닥을 기던 롯데가 시범 경기부터 승승장구하여 사직구장은 연일 만원사례가 빚어졌다. 그래서 '발 보기'가 한층 쉽게 되었다. 꿈을 꿔야 님을 보고, 님을 봐야 뽕을 딴다고, 몇 해 동안 사직 야구장에는 손님이 별로 없었으니 아무리 뛰어난 기술을 가졌다 하더라도 발 보기가 그야말로 하늘의 별 따기였다.

모름지기 인생이란 그 어떤 기대치를 향하여 나아가는 것이고, 그 기대치는 매 순간의 확률에 얽매이게 되는 법이다. 그래서 타석에 들어서는 선수처럼 그 어떤 행운을 기대하면서 지정석을 찾았다. 그때 발발이가 가볍게 끙끙거렸다. 그것은 좋은 징조를 의미했다. 최근 연속 5안타를 날리고 있었고, 그때마다 발발이의 끙끙대는 소리를 들었다. 그에게 일찍이 없었던 좋은 기록이었다. 과연 그러한 연속 안타의 신기록 행진이 언제까지 계속될 것인가에 잔뜩 신경을 곤두세우고 있는 터였다. 바로 앞 타석에서도 야수 선택급의 여자와 같이 앉았다가 즐거운 대화를 나누었고, 경기 뒤에 노래방 가서 블루스까지 춘 것을 고려하면 그 기대가 한껏 부풀어 있었던 것은 사실이었다. 그것을 가지고 굳이 그의 끼(?)를 나무란다면 세상을 너무 건조하게 살아가는 사람일 것이다. 그런데….

아뿔싸, 이게 무엇인가?

잘나가던 길에 갑자기 아찔한 절벽을 만난 것 같은…. 육감적으로 그는 방망이가 빗맞았다는 것을 알 수 있었다. 행운의 신기록 행진이 깨지는 순간이었다.

아줌마였다. 야수 선택이라도 기대해볼 수 없는 아줌마여도 한참 아줌마였다.

그는 기분이 완전히 구겨져 읽을거리로 사 들고 간 신문마저도 접고는 잠이라도 자는 척 눈을 감았다. 그런데 발발이는 계속 끙끙거리며 사인을 보내왔다.

이눔의 개가 감기 며칠 하더니 코가 이상해졌나….

역시 개는 어쩔 수 없다며 발발이가 든 가방을 지그시 누르며 눈을 감았다. 그렇다고 그의 사냥이 거기서 끝나는 것은 아니다. 더구나 야구 경기는 아직 시작도 하지 않았다. 꾼은 항상 최고를 지향한다. 그것은 최고의 사냥감을 만나는 것이다. 최고의 사냥감에게는 최고의 경의를 표한다. 야구든 연애든 뜻하지 않은 행운이란 항시 있는 법이니 쉽게 포기하는 것은 꾼으로서 자격 미달이 아닐 수 없다.

자리를 자유석으로 옮겼다. 판단이 빠를수록 기회는 그만큼 더 많아지는 것이다. '발 보기'가 가장 좋은 6부 능선에 자리를 잡았다. 꾼들은 발을 보면 9할을 성공으로 생각하기 때문에 좋은 목을 잡는 것, 곧 위치 선정이 매우 중요하다. 그는 그 목을 잘 알았다.

야구장은 언제나 생기가 넘쳐났다. 느긋이 야구장 주변의 풍경을 감상하는 사이 경기가 시작됐다. 롯데에서 첫 안타가 터졌다. 와, 하는 함성이 회오리바람처럼 하늘로 몰려갔다. 그는 그 소리가 몰려가는 하늘로 눈길을 옮겼다. 발발이도 뭘 아는지 소리가 흘러가는 9부 능선 쪽으로 킁킁댔다.

글쎄, 아니…. 거기는 눈부시도록 푸른 봄날의 맑은 하늘만 아니라 그 하늘에서 쏟아지는 햇살 아래 노란 양산을 받쳐 든 요염한 여자가 환영처럼 앉아 있었다. 순간 영화에서 본 것 같은 옛날 기생의 모습이 겹쳐졌다. 눈을 비벼 다시 봐도 분명 실체였다. 외야수 키를 넘길 수 있는 장타급이었다.

예로부터 여자가 특히 매혹적일 때가 있다 했다. 이른바 삼상三上, 삼중三中, 삼하三下가 그것인데, 삼상은 마상馬上, 장상墻上, 누상樓上에 있는 여자요, 삼중은 여중旅中, 취중醉中, 일중日中에 있는 여자이며, 삼하는 월하月下, 촉하燭下, 염하簾下에 있는 여자를 말한다. 그 여자는 야구장 10부 능선 맨 꼭대기에 앉아 있었고, 거기서 눈부신 해가 내리쬐는 일중에 있었으니 삼상 가운데 담장 위(장상)와 누각 위(누상) 더하기에 삼중의 햇살 속日中까지 곱으로 멋을 풍기고 있었으므로 그의 눈이 뒤집히지 않을 수가 없었다. 평생 한 번 볼까 말까 하는 최고의 사냥감인 것이었다. 마치 옷을 벗어놓고 멱을 감는 선녀를 만난 기분이었다. 이제 그는 옷만 감추면 만사가 끝나는 것이다.

일단 선발대 발발이를 먼저 풀었다. 발발이는 곧장 그녀 쪽으로 가서 꼬리를 쳤다. 하지만 좋은 사냥감이란 언제나 쉽게 포획되지 않는 법이다. 그녀는 별 관심을 보이지 않았다. 역시 화려한 미모답게 도도했다. 개를 찾으러 가는 척 그가 가까이 접근해 슬쩍 운을 띄워봤지만 도도한 그녀는 별꼴이라는 듯 콧방귀를 쳤다. 그럴수록 더 집착이 갔다. 웬만한 여자들이면 쉽게 걸려드는 미끼들로 견제구를 날렸지만, 그녀는 사슴처럼 목을 빼고는 딴전을 피웠다. 뭔가 불길했다. 지난 산돼지 사냥에서 유일하게 실패한 그놈이 떠올랐기 때문이었다.

그놈은 덩치도 컸고 아주 노련했다. 보통의 대장 산돼지는 졸개들을 앞장세우고 자신은 어슬렁어슬렁 뒤따르는데 놈은 보란 듯이 아주 당당하게 나귀처럼 앞장서 움직이고 있었다. 한눈에도 예사 멧이 아니었다. 백수는 다른 산돼지를 포기하고 오로지 그놈을 잡겠다는 일념으로 추적을 시작했다. 하지만 놈은 한 번도 그가 지키는 목으로 들어오지 않았다. 민둥산 작은 소나무 아래 몸을 숨기는 등 보통 산돼지들이 쓰지 않는 도피술을 지니고 있었다. 그래서 그의 예상은 계속 엇나갔다. 오히려 그가 놈에게 놀림을 당하는 기분이었다. 그럴수록 그에게는 사냥꾼의 기질, 곧 전의가 불타올랐다.

한번은 놈을 추적하다가 드디어 외통수의 지세에 돌입했다. 작은 산에서 큰 산으로 가는 길이 한 곳뿐인 절호의 기회인 목을 지키고 있었다. 그런데 놈은 그 예상을 완전히 빗나가게 했다. 산돼지들이 절대로 가지 않는 길, 곧 사람들이 일을 하고 있는 논 쪽으로 유유히 사라진 것이다. 덕분에 논 쪽에서는 산돼지를 쫓는다고 약간의 소동이 일어났다. 자신의 작전이 간파당하는 것 같았다. 어쩌면 놈을 포획하는 것이 불가능할지 모른다며 포기할 생각까지 했다. 하지만 거기서 멈추기에 자존심이 상했다. 꼭 잡아야 했다. 하는 수 없이 놈의 습성을 역이용해 추적했다. 놈이라면 몰이꾼이 지나간 길을 되돌아올 것 같았다. 그래서 그쪽을 지키고 있었다. 보통의 산돼지들은 절대로 오지 않는 목이었다.

놈은 결국 걸려들었다. 좋은 위치에서 커다란 놈의 덩치가 모두 노출되었다. 그는 연이어 몇 발을 당겼다. 놈이 펄썩 스러졌다. 명중한 것 같았다. 때때로 사냥은 의외의 결과를 얻는다. 그동안 그의 전의를 불태우며 그렇듯 잘 피해 다니던 놈이 너무 쉽게 자신을 내주고 말았다. 순간, 그는 약간 공허한 느낌마저 들었다.

발발이가 킁킁대기는 했지만 그녀는 여전히 개에게 눈길을 주지 않았고 표정의 동요가 없었다. 그녀는 우아했고 빈틈이 없었다. 어쩌면 그녀는 백수가 꾼이라는 걸 알고 있을지도 모른다.

놈을 잡을 때처럼 작전의 변화가 필요했다. 어렵거나 복잡할 때일수록 지극히 평범하고 단순한 것이 주효할 때가 많은 법이다. 처음부터 다시 생각했다. 그때 그에게 뜻밖의 것이 눈에 들어왔다. 바로 그녀의 옆자리가 비어 있었다. 그토록 평범한 것이 그제야 눈에 들어온 것이다. 백수는 티오피 캔커피를 들고는 슬그머니 그 옆자리에 앉았다. 마침 롯데에서 안타가 터졌다.

"안타 기념입니다."

그는 티오피를 내밀었다. 여자는 별 망설임 없이 반갑게 받았다. 그리곤 캔 따개를 따려 할 때 그의 순발력이 발휘되었다.

"아, 잠깐…."

백수는 캔을 빼앗아 손수건으로 윗부분을 깨끗이 닦아내고는 따개를 젖힌 뒤 두 손으로 다시 건넸다. 여자는 약간 감동하는 표정이었다. 고수인 그는 순간적으로 그런 표정 속에서 작은 변화까지 보고 있었다. 특히 그는 꼴깍, 목줄을 타고 내려가는 그녀의 침선을 간파했다. 그것은 구십구 퍼센트 성공을 의미했다.

도도해 보이던 여자는 쉽게 꼬리를 내리는 것 같았다.

야구 좋아하나 보죠? 어디 사십니까? 아주 우아하십니다. 등등의 통상 연애 멘트를 날릴 때마다 명중, 명중이었다. 여자는 총을 맞은 산돼지처럼 몸을 조금씩 떨었다. 그가 생각해도 너무 쉽게 진도가 나가는 것 같았다. 그래서 오히려 불안했다. 그쯤 되면 완벽하게 포획한 것이다.

백수는 성공을 확신했다. 바로 손을 잡았고, 슬그머니 어깨에 팔까지 걸쳤다. 마지막 숨통을 완전히 끊어놓는 한 단계가 남았다. 백수만이 가지고 있는 결정적 비법이었다. 마치 침술사가 침을 찌르듯이 세끼손가락으로 귀밑 급소를 찌르면 여자는 전신을 파르르 떨며 그의 무릎에 쓰러질 것이다. 완전 포획된 것이나 다름없었다.

그러나 그는 성공하지 못했다. 영점일 퍼센트 실패 확률에 걸린 것이다. 그것은 단순한 실패로만 끝나는 것이 아니라 낭패까지 당하고 말았다.

그 결정적 찰나에 여자는 비명을 질렀다. 사람들의 시선이 백수 쪽으로 와르르 몰렸다. 아, 그는 난감했다. 여태 그런 일이 없었다. 급소를 찌르려는 순간 그는 약간의 뜸을 들이고 말았다. 마치 원숭이가 나무에서 떨어지듯 그는 엄청난 실수를 한 것이다. 다행히 여자가 뭐 이런 게 있어 하는 투로 획 일어나 자리를 박차고 가버려서 사태는 수습이 되었지만, 하마터면 완전히 치한으로 몰릴 뻔했다. 여자가 가만히 있다고 해서 결코 포획된 것이 아니었다. 백수는 너무나 평범한 수칙 하나를 한순간에 깜빡한 것이다. 그것은 방심이었다.

총 맞아 가만히 웅크리고 있는 산돼지는 결코 죽은 것이 아니다. 네 다리를 들어야만 비로소 죽은 것이었다. 서투른 사냥꾼들이 그렇게 당하는 경우가 많다. 산돼지가 총에 맞고 쓰러져 웅크리고 있으면 죽은 걸로 생각하고 가까이 접근하기가 십상이다. 궁지에 몰린 산돼지는 그 어떤 맹수보다 사나워진다. 산돼지가 일어나 돌격해올 때 그 힘은 실로 어마어마하다. 그것은 가히 탱크와 같다. 그때 산돼지는 온몸이 흉기나 다름없다. 앞으로 뻗어 나온 어금니는 살상용 칼이요, 주둥이는 권투선수 펀치보다 강하고, 심지어 곤추선 털까지도 모두 바늘처럼 날카로워진다. 그럴 경우 피하는 것이 상책이지만, 죽은 줄 알고 접근했으니 얼마나 위험했겠는가? 때로는 주둥이로 사람을 위로 쳐올려 떨어지기 전에 배구공 토스하듯이 재차 받아 쳐올리기도 한다.

연애의 고수인 그의 지금껏 경험으로 충분히 알 수 있는 너무 평범한 실수를 저지른 것이다. 남자의 공격을 받은 여자가 완전히 경계를 풀었다는 것은 여자의 발을 보면 알 수 있었다. 두 발끝이 안으로 움츠리거나 가지런할 때는 결코 아니다. 정확하게 사십오도 이상 벌어져야 한다. 그러면 산돼지 네 다리가 하늘을 향한 것처럼 가까이 접근해도 된다.

지난 사냥에서 그놈에 대한 실패도 결국 방심이었다. 다 잡았다가 결정적 순간에 너무 어이없는 실수를 한 것이다. 놈을 보기 좋게 몇 발의 총으로 명중시켰다. 제아무리 날고 기는 산돼지라지만 별수 없다. 백수는 순간 놈이 자신의 작전에 걸려든 것에 흐뭇해했다. 그래서 다시 한 번 확인 사살을 할 요량으로 가까이 다가갔다. 그것이 실수였다. 네 발을 들기 전에 결코 승부가 끝난 것이 아님을 잘 아는 그가 그날 무엇에 씌었는지 놈을 완벽하게 포획했다고 단정했다. 열 걸음 정도 가까이 다가갔을 때 바위처럼 쓰러져 있던 놈이 갑자기 일어나 돌진해 왔다. 아뿔싸, 그는 그 순간 자신이 얼마나 큰 실수를 저지른 것인지 깨달았지만 이미 너무 늦었다. 총을 겨눌 겨를도 없이 놈의 주둥이에 받쳐 옆으로 튕겨났다. 튕겨 떨어진 곳이 마침 경사가 급한 곳이었고, 큰 나무 옆이었다. 놈이 다시 방향을 돌려 그에게 돌진해왔을 때 경사가 급한 내리막이라 산돼지가 잠시 머뭇거렸고, 그 와중에 나무를 타고 올라 위기를 모면한 것이었다. 백수는 팔과 다리, 옆구리에 부상을 입었다. 그만큼이라도 당한 것이 천운이었다. 잘못했으면 죽을 수도 있었다.

하필 그날 여자에게도 똑같은 실수를 되풀이한 것이다. 아무튼 그날은 만사가 빗나갔다. 최악의 날이라고 생각했다. 너무 허탈해서 야구장 뒤쪽 하늘만 멍하니 쳐다보고 있었다.

그러나 쫓고 쫓기는 사냥터에서 그런 일들은 상시로 있는 법. 야구장 역시 엎치락뒤치락 새로운 생기가 끊임없이 진행되는 사냥터인 것이다.

그런 면에서 사직 야구장은 안성맞춤이다. 늘 느끼는 바지만, 사직 야구장은 거대한 조개 같다. 그는 사직 야구장에 들어설 때마다 꼭 자궁 속으로 들어가는 착각 속에 빠지곤 했다. 아마 야구장 가운데가 움펵하게 들어간 타원형이기 때문이리라. 아니, 야구장이 위치해 있는 사직동 자체가 산으로 둘러싸여 여자의 품속 같다. 그것은 마치 큰 자궁 속에 또 다른 작은 자궁이 들어앉은 것 같은 묘한 분위기를 연출했다. 야구장을 설계한 사람이 그것을 고려했는지 우연의 일치인지 알 수는 없지만, 아무튼 사직동과 야구장의 어울림은 절묘했다. 정말 자신이 야구광이거나 풍수에 조예가 있다면, 아니 자연의 맛을 어느 정도 느낄 줄 아는 시골 출신만 돼도 그 해거름 지는 오후 자유석에 앉아 있으면 경기의 승패와 다르게 한없이 마음이 푸근해지는 세상 최고의 평화를 맛볼 수 있었다. 사실 그는 그것 때문에 너무 승패에 초연해져서 한때는 야구 자체에 흥미까지 잃어버릴 뻔한 적도 있었다.

그때였다. 그동안 지고 있던 롯데에서 역전의 발판이 되는 홈런이 터졌고, 관중의 함성이 그가 앉아 있는 10부 능선으로 다시금 몰려왔다.

아차, 가방에 들어 있던 발발이가 없어졌다. 아찔했다. 발발이는 너무 작아 가방을 벗어나면 위험천만이다. 그리고 무엇보다 야구장에 개를 데리고 들어갈 수 없기 때문에 여간 낭패가 아니었다. 다행히 저만큼 새로운 발을 찾아 아래쪽으로 내려가는 발발이를 찾았다. 급하게 아래쪽으로 내려갔다. 아직 홈런의 함성이 야구장을 맴돌고 있었다.

아니, 이럴 수가…. 발발이가 찾아낸 '발'은 너무 뜻밖이어서 그는 벌어지는 입을 다물 수 없었다. 발발이는 처음 그가 앉았던 지정석에 가 있었다. 아까 옆자리에 앉았던 여자가 백수를 보더니 반가워했다. 하지만 그 아줌마는 이미 플라이 아웃으로 처리된 여자였다.

얼씨구, 이건 또 무엇인가? 그녀가 귀엽다며 발발이에게 손을 내밀었고, 발발이가 폴짝 그녀 품에 안겼다. 갈수록 태산이라더니, 그녀가 빙긋 웃는 바람에 무안하게 그냥 버틸 수도 없었다. 하는 수 없이 원래 지정석에 다시 앉았다. 순식간에 벌어진 일이었다. 고맙습니다. 겉으론 웃었으나 속으론 완전히 재수 옴 붙은 날이라 되뇌었다.

아니나 다를까. 당황한 그가 상황을 채 수습하기 전에 야구는 홈런도 부질없이 추격이 중단되었고, 오히려 이어진 상대 팀 공격에서 연속 안타가 터져 점수를 더 내줘버렸다. 그날은 모든 일이 빗맞아 돌아가고 있었다. 그냥 일어서 나와버릴까 했다.

어느덧 야구장 뒷산 위로 노을이 물들기 시작했다. 사직동 절경 중의 하나인 아름다운 초저녁 풍경이 펼쳐졌다. 초반에 이미 대량 실점한 야구는 애초부터 글러먹은 것이어서 그는 주로 하늘 쪽에다 시선을 박아두고 있었다. 그런데 5회를 넘어서면서부터 롯데가 조금씩 따라붙기 시작했다. 그래서일까, 응원하느라 팔을 올렸다 내렸다 하면서 그녀의 살갗이 조금씩 부딪치면서 그 어떤 촉감이 감지되어 왔다. 그것이 그리 싫지는 않았다. 더구나 여성 특유의 향기까지 솔솔 풍겼다. 그제는 굳이 몸을 움직여 피하지도 않았다. 하지만 애초부터 잡친 기분은 살아나지 않았다. 그녀는 이미 플라이 아웃으로 처리된 여자이기 때문에 연애를 위한 다양한 작업이나 기술은 접고 있었다. 그런데도 이상한 것은 발발이였다. 그날 발발이는 초지일관 그녀에 대해 어떤 신호를 계속 보내고 있었다. 그러는 사이 자신도 모르게 조금씩 그 본능적 감각이 살아나고 있음을 감지하고 있었다.

그때 그녀가 벗겨진 노란 귤의 속살을 내밀었다. 손 쪽이 아닌 입술 쪽이었다. 그는 엉겁결에 쏙 빨아 먹었다. 달콤말콤했다. 너무 엉겁결이어서 그녀의 입술을 빤 듯했다. 신맛이 전혀 없는 아주 잘 익은 귤이었다. 약간 부끄러운 듯 웃는 그녀의 미소가 말랑말랑하게 잘 익은 귤처럼 맛있어 보였다.

토마토….

'과일도 아니면서 과일이라 우긴다.'

그는 문득 한때 유행했던 과일에 따른 여성론이 떠올라 혼자서 웃었다. 오십 대 여성은 그런 토마토라 했다. 사십 대는 잘 익어 절로 벌어진다는 석류이며, 삼십 대는 잘 갈라지는 수박이라고 했던가?

정말 기발한 발상이었다. 그는 그 여성론에 경의를 표했다. 그렇다. 뜨는 해가 아름다운 만큼 지는 해도 아름답다. 기왕지사 여자를 과일에 비긴다면 과일은 익을수록 맛이 있는 것이 아닌가? 무릇 미추美醜란 제 눈에 안경인 것을….

백수는 그 위대한 철학을 깨닫는 순간 자신의 나이를 생각했다. 여태 타율만 생각해 온 그의 나이도 어느덧 오십을 눈앞에 두고 있다. 그러면서 여성을 바라보는 미의 개념은 한 뼘도 넓어지지 못했다. 조금 전 장타의 여자에게 낭패를 당한 것도 거기서 비롯된 것이리라.

어차피 세상을 살아간다는 것은 타협이다. 세상은 산이고 세월은 하늘이다. 하늘을 이고 사는 이상 순간순간 흘러가는 저 세월과 타협하지 않을 자 누가 있는가? 그렇게 보면 연애도 타협이라는 생각이 들었다. 사랑이 고집이라면 연애는 타협인 것이다. 사랑이 최선이라면 연애는 차선이며, 사랑이 이상이라면 연애는 현실이지 않는가?

여태 그것도 모르고 꾼 행세를 한 자신이 한심했다. 그리고 자리를 고쳐 앉아 다시 그녀 쪽으로 눈길을 돌렸다.

그 사이 벌써 한두 개의 라이트가 켜졌고, 하늘에는 노을 대신에 둥그런 달이 떠 있었다. 바뀐 것은 야구장의 풍경만이 아니었다. 그새 사람이 바뀌었나 싶을 정도로 그녀는 아름다웠다. 여우가 둔갑한 것 같았다. 달빛과 막 켜지기 시작한 라이트의 불빛 아래 그녀는 두레박을 타고 내려온 선녀처럼 황홀했다. 누상이니 장상이니 마상이니 하는 삼상과 여중이니 취중이니 일중이니 하는 삼중이 기가 막힌다지만 삼하 또한 숨이 막히는 것을…. 그중에서도 달 아래[月下]와 등불 아래[燭下] 여자야말로 최고 경지가 아닌가?

토마토든 석류든 상관할 바가 아니었다. 아니, 그녀는 토마토도 석류도 아닌 달콤말콤한 귤이었다. 향기 또한 풋과일과는 비교가 되지 않는 잘 익은 과일 본래의 향기를 풍기고 있었다.

백수는 조금 전까지 마치 껄끄러운 벌레 대하듯이 멀리 떨어져 앉으려고 했던 자신을 나무라면서 가급적 가까이 밀착하려 했다.

그래, 우수한 타자일수록 타구의 방향을 한쪽으로 고집하지 않는다. 나이가 들수록 그것을 확대해 가야 좋은 꾼이 될 수 있다. 좋은 인간관계라는 것은…. 세상에 연애 감정이 없다면 얼마나 삭막할까? 인간이 이기利己를 버리고 이타利他로 나아가려는 것도 연애감정의 산물이요, 생生을 만들고 유지하려는 욕구도 연애 감정인 것이다. 그는 여태 자신의 어리석음으로 수많은 야구 경기를 삭막하게 본 것이 안타까웠다.

아무튼 백수는 그 생각 하나의 차이로 아웃 직전에 안타를 날렸고 신기록의 행진은 계속할 수 있었지만, 그제는 진루 뒤의 새로운 문제에 고심을 해야 했다.

응원하는 척 몸을 밀착시켜 적당히 재미를 맛보는 도루 즉 훔치기냐, 아니면 적극적으로 관심을 표하는 치고 달리기를 감행할 것인가, 그냥 의례적인 말 걸기의 번트를 댈 것인가…. 그것은 정말 즐거운 고민거리였다. 도루나 치고 달리기를 잘못했을 때 아까처럼 엉큼한 놈으로 매도당하는 낭패를 겪을 수도 있다. 그래서 야구의 작전이란 늘 골치가 아픈 것이다.

그가 이렇다 할 작전을 세우지 못한 채 몸을 이리저리 뒤틀고 있을 때 경기는 벌써 막바지에 치달아 있었다. 9회 말 롯데의 마지막 반격이 시작됐다. 첫 타자의 깨끗한 안타가 터졌다. 모든 관중이 일어났다. 운동장은 흥분하기 시작했다. 그 바람에 그녀가 그의 발을 밟고 말았다. 그는 괜찮다는 듯 싱긋 웃어 보였다. 그녀는 미안해 어쩔 줄 몰라 했다. 다소곳이 홍조 띤 미소를 짓는 그녀는 무척 아름다워 보였다. 그것은 행운의 번트 안타였다. 그녀가 다시 깐 귤의 속살을 그의 입 쪽으로 내밀었다. 행운의 진루는 계속되었다.

야구는 어느덧 동점 투아웃에 역전 주자까지 나가 있었다. 타석에는 그날 홈런까지 친 최고의 타자였다. 관중들은 더욱 흥분하기 시작했고 그 흥분의 열기가 폭발할 듯했다. 드디어 백수는 승부수를 던졌다. 그녀가 내밀었던 귤 반쪽을 물고서 그녀 입술 쪽으로 내밀었다. 그녀의 입술이…. 아, 터질 것 같은….

와!

끝내기 안타가 터졌다. 관중의 함성이 회오리바람처럼 솟아올라 사직동 하늘로 퍼져가고 있었다.

그는 끝내기 안타와 같은 한마디로 이야기를 마무리하려 했다.

"뭘 모르는 자들이 '돼지는 근수이고, 여자는 미모'라며 서로 대조됨을 강조하지만, 돼지도 역시 잘생긴 놈이 고기 맛도 있고 쓸개도 좋은 최고의 상품입니다."

햐, 우리는 모두 넋이 나간 채 마지막 감탄사를 내질렀다. 하지만 뭔지 모르게 마음 한구석이 씁쓸해지는 것은 알 수 없었다. 그때 누군가 못내 의구심 하나를 끄집어냈다. 여자를 많이 사귀었다는 것은 확실한 여자 한 명을 못 만났다는 것 아니냐며 다소 면박조로 물었다. 그런데 그의 대답은 이외였다.

"맞습니다. 그래서 나는 늘 외롭습니다. 확실한 에이스가 없을 때 불펜에 많은 투수가 필요합니다. 여자도 마찬가집니다. 에이스가 없으면 내가 견딜 수 있는 고독 전선이 너무 쉽게 무너집니다. 그런대로 버틸 것 같던 선수들이 너무 쉽게 무너집니다. 그럴수록 많은 불펜 투수가 필요하지요. 에이스가 있다면 그럴 필요가 없겠지만." ::

처용가

처용가

휴일의 경주 가는 길은 몹시도 붐볐다. 버스는 가다 서다를 반복했지만, 창밖으로는 가을이 한창이었다. 하늘이 너무 맑아서일까, 나는 창 쪽에 시선을 고정시킨 채 무념무상의 상태로 앉아 있었다. 그러다가 선잠까지 들었던 모양인데 아랫도리가 묵직하게 차올라서 단잠은 오래 가지 못했다. 빈뇨 증세가 심한 나는 언제나 깊은 잠을 잘 수가 없었다. 분명 버스를 타기 전 화장실을 다녀왔다는 생각에 원망스럽게 아랫도리를 내려다봤다. 그러나 소변이 마려운 것은 아니었다. 잠결에서 본 처용무가 너무 관능적이었던 것 같았다. 커다란 코와 눈과 입, 그리고 느릿느릿한 춤이 내 감각을 자극했던 모양이다.

희미한 옛사랑의 그림자….

나는 처용무를 생각하다가 느닷없이 건져 올린 그 생소한 언어에 대해 잠시 혼란에 빠졌다. 어쩌면 그 혼란은 연이 남편이라는 사람의 편지를 받은 뒤부터인지도 모른다. 그러니까 그 편지를 받은 것은 열흘 앞서였다. 짧은 편지에는 그녀가 나를 꼭 만나고 싶어한다며 '처용 기행'에 함께 갔으면 했다. 물론 편지에는 연이의 근황이 짧게 소개되어 있었으나 나를 혼란스럽게 했던 것은 그녀가 나를 만나고 싶어한다는 것보다는 그 소식이 그녀 남편이라는 사람으로부터 왔다는 것이었고, 더욱이 그들 부부와 동행하는 만남이기 때문이었다.

처용 기행에 대해서는 동봉한 행사 팸플릿으로 어느 정도 감을 잡을 수 있었지만, 십여 년 전에 내 앞에서 눈물을 보이며 미국 유학을 떠난 연이가 귀국한 지 일 년이 넘도록 소식이 없다가 뒤늦게 만나자고 하는 것도 그렇고, 본인이 아닌 남편이라는 사람이 소식을 전하는 이유를 아무래도 알 수가 없었다. 연이의 남편은 미국에서 원시무용을 전공했고, 귀국해서는 처용무에 빠져 몇 편의 논문까지 쓴 말하자면 처용 전문가였다. 마침 울산에서 열리는 처용제에 강사로 초빙되어 가는 길에 같은 연구회 회원들을 중심으로 처용 기행 행사를 마련한 것 같았는데 나로서는 그리 마뜩치가 않았다. 그래서 나는 오늘 아침까지도 갈까 말까 망설이다가 뒤늦게 출발했었다.

비록 십여 년이란 짧지 않은 세월이 흘렀지만, 그녀는 여전히 내 마음속에 그 어떤 그리움으로 남아 있었고, 그녀 또한 나를 꼭 만나고 싶어한다니 일단은 가보는 수밖에 없었다.

그때 그녀와 마지막 밤을 보낼 때, 우리는 경주 부근에 있는 어느 조그마한 암자에 있었다. 달빛이 유난히 밝았던 그날 밤 우리는 서로가 별말이 없었다. 그저 벽에 등을 기댄 채 달빛이 쏟아지는 절집 문창만을 하염없이 바라보고 있을 뿐이었다. 우리는 끝내 스승과 제자라는 관습의 벽을 넘어 서로에게 다가가지 못했다. 나는 세상에 모든 쓸쓸함과 공허함만이 가득했던 그날 밤을 잊을 수 없었다. 그리고 그녀는 유학을 떠났고, 결혼을 했다. 우리의 사랑이란 애초에 이루어질 수 없는 것이었기에 그렇게 아쉬워할 것이 못 되었다. 그렇기에 십 년이란 세월은 우리의 애틋한 사랑마저도 추억의 저편으로 밀어내기에 충분했는지도 모른다.

경주 톨게이트를 빠져나온 버스는 여전히 거북이걸음이었다. 버스 앞에 걸린 시계는 벌써 약속 시간인 열 시를 삼십 분이나 넘어서고 있었다. 그러나 나는 별로 급하지 않았다. 휴일의 도로 사정을 감안해서 서둘러야 했으나 별로 내키지 않는 걸음이라 바삐 움직일 이유도 없었다.

결국 나는 한 시간이나 늦게 터미널에 도착했다. 버스에 내려서도 나는 할 일 없는 사람처럼 자판기에서 커피까지 뽑아 마시면서 담배를 물고 어슬렁어슬렁 약속 장소인 주차장 앞 벚나무 아래로 갔다. 예상처럼 연이도 그의 남편도 보이지 않았다. 여러 사람이 함께 가는 기행인데 한 시간이나 늦도록 기다려주기를 기대한 것은 무리였다. 차라리 잘되었는지 모른다는 생각이 들었다. 그러나 막상 되돌아가려니 뭔가 아쉬움이 남았다. 그 벚나무에 기대어 담배를 다시 피워 물며 무심히 먼 산을 바라보고 있었다. 산 위로 펼쳐진 늦가을의 경주 하늘은 참으로 아름다웠다. 그 맑은 하늘이 오늘따라 십 년 전의 그날 밤처럼 너무 씁쓸하게 다가왔다.

기왕 오려면 일찍 나서든지, 아니면 오지 말든지…. 나는 매사에 우유부단한 성격을 탓하며 때늦은 후회를 했다.

"박 선생님이시죠?"

그때 연이 대신에 이목구비가 크고 뚜렷한 사내가 다가왔다. 사내는 연이의 남편이었다. 그의 환한 미소 탓이었을까? 초면의 어색함은 별로 느껴지지 않았다.

"혹시 안 오실 줄 알고 걱정을 많이 했습니다."

하지만 그가 연이 남편이라는 사실에 나는 자꾸만 어깨가 움츠러들었다.

"이렇게까지 기다릴 필요는 없었는데…."

"길이 엄청 막히죠?"

나는 모습이 보이지 않는 연이에 대해 묻고 싶었으나 왠지 말이 떨어지지 않았다. 아마 내가 너무 늦어서 연이는 일행과 일정을 따라가고 그는 나 때문에 남아서 기다린 것 같았다.

"가시죠."

그는 자신의 차로 안내했다. 꽤 고급스러워 보이는 차였다.

시동이 아주 부드럽게 걸렸다. 그는 차를 천천히 몰았고 여유가 있어 보였다.

"선생님과 함께 기행을 하고자 했지만 불편하실 것 같아서 제가 따로 모시기로 했습니다."

"괜히 나 때문에 폐를 끼치는 것 같습니다."

"아닙니다. 연이 씨가 선생님을 뵙고 싶어하는 것 이상으로 저도 선생님을 뵙고 싶었습니다."

"별로 내세울 것도 없는 사람을…."

"아실런지는 모르겠지만, 저는 요즈음 설화에 빠져 있습니다. 그래서 설화를 바탕으로 한 선생님의 소설을 너무 좋아합니다."

"부끄럽습니다."

그것은 진심이었다. 물론 나는 그가 읽었다는 작품에 대해 인사치레로 한 말이었지만, 그것보다는 어린 제자와의 사랑이라는 것이 막상 그 이해 당사자인 그를 대하는 순간 부끄러움으로 치밀어 올랐던 것은 사실이었다.

"그런데 선생님, 처용에 대해서도 소설을 한번 써보시지요?"

"박사님이 전문가인데 감히 필을 함부로 돌릴 수 있겠습니까?"

우리는 처음으로 같이 웃었다. 농담과 웃음 탓인지 애초에 그에게 가졌던 질투나 열등감 같은 경계심이 훨씬 누그러들었다. 그러나 우리의 대화는 거기서 진전되지는 못했다.

도대체 어디서 그를 보았을까…?

어딘가 모르게 낯이 익은 듯한 인상에 대해 기억을 더듬어 보았으나 도무지 그와 내가 만났을 경우가 없었다.

"안강에 있는 흥덕왕릉으로 갑니다. 아마 그쪽이 마음에 드실 겁니다."

"흥덕왕릉이라…. 이름은 들어봤지만…."

"왕이 수절했다면 믿으시겠습니까? 아내를 너무 사랑한 나머지 죽어서도 아내과 함께 묻힌 능이지요."

나는 그 왕릉이 처용과 무슨 관련이 있는지 알 수 없었다. 사실 처용 기행에 대한 관심보다는 연이의 일이 궁금할 따름이었다. 하지만 그는 나의 그런 마음을 아는지 모르는지 흥덕왕에 대한 여러 가지 이야기만 풀어놓았다.

"거기에 더욱 재미있는 설화가 있습니다. 흥덕왕이 즉위한 지 얼마 안 되어 당나라에 사신으로 다녀온 사람이 앵무새 한 쌍을 가져왔답니다. 오래지 않아 암놈은 죽고 수놈이 슬피 우는지라 왕이 거울을 앞에 걸어두게 했는데, 수놈이 거울 속의 제 모습을 짝으로 여기고 거울을 쪼다가 짝이 아님을 알고 슬피 울다 죽었답니다. 이에 왕이 노래를 지어 불렀다는데, 불행히도 노래는 전해지지 않습니다."

그의 이야기는 어색한 분위기를 그런대로 잘 풀어가고 있었다.

"흥덕왕과 부인의 관계를 나타내는 상징이다 그 말이죠."

별로 할 말이 없는 나는 예의상 대꾸는 했으나 왜 거기로 가는지 궁금해서 그의 이야기에 몰입할 수가 없었다.

"선생님께서 관심을 가지실 줄 알았습니다. 흥덕왕이 즉위한 해에 부인이 죽었는데, 군신들이 재혼을 청해도 '척조隻鳥가 짝을 잃어도 슬퍼하거늘 어찌 사람이 짝을 잃었다고 다시 아내를 맞겠는가'라면서 시중 드는 여자도 가까이하지 않았답니다."

"처용 이야기와는 어딘지 어울리지 않는 것 같습니다."

"그렇지요. 성이 자유로웠던 당시 입장에서 보면 분명 흥덕왕이 정상에서 벗어나 있지요. 그래서 더욱 귀한 것이 아닐까요? 하지만 저는 생각이 좀 다릅니다."

"어떻게요?"

"한 남자가 한 여자를 사랑했다는 것과 성적 자유는 다른 문제입니다."

어째 이야기가 조금 이상한 방향으로 가는 것 같아서 나는 바깥의 화창한 가을 날씨로 화제를 바꾸었다. 엄연히 그의 아내인 연이를 만나려는 상황에서 그와 같은 이야기는 어색할 수밖에 없었다.

삼십쯤 분 뒤에 흥덕왕릉에 도착했다. 입구는 왕릉이라 하기에 너무 초라했다. 무덤을 둘러싸고 있는 소나무들도 여느 신라 왕릉의 장대한 모습과는 다르게 나즈막하고 구부러지고 뒤틀어지고 볼품이 없었다. 그런데 그것이 오히려 야릇한 분위기를 만들고 있었다. 모두가 틀어지고 꼬여 있는 것이 마치 전생에서 못다한 사랑을 나누는 것처럼 서로를 부둥켜안고 하늘을 향하고 있었다.

"나무도 서로를 지극히 그리워하면 저렇듯 몸을 맞대어 살아가나보죠. 앵무새 설화를 생각하면 자연법칙이라는 느낌이 듭니다만…."

그는 '자연법칙'이라는 말에 약간의 액센트를 넣었다. 나는 그 말에 힘을 얻은 듯 연이를 만나는 일에 조금은 떳떳해지고 싶었다.

숲을 들어서면서 느꼈던 이상한 분위기란 것은 어쩌면 천년을 간직한 그 그리움이었을지도 모른다. 그래선지 숲속으로 들어갈수록 꿈을 꾸는 것 같아 그가 들려주는 말소리조차도 소나무에서 들려온다는 착각을 일으킬 정도였다. 제아무리 경주에는 옛 비밀을 많이 간직하고 있다지만, 이렇듯 숨겨진 사실들이 있다는 것은 놀라운 일이 아닐 수 없었다.

숲길을 빠져나와 커다란 봉분을 한 바퀴 돌 때까지 그는 매우 느리게 걷고 있었으나 어딘가 모르게 불안해 보였다. 나는 그것이 내가 늦게 온 탓이리라 생각하니 미안하기 짝이 없었다. 그때 그의 허리춤에서 휴대전화의 벨 소리가 들려왔다. 그는 내게 가볍게 목례를 하고는 뒤돌아 서서 전화를 받았다. 그리고는 알았다는 말을 하면서 곧 전화를 끊었다.

"선생님, 죄송합니다만 잠깐 다녀와야겠습니다. 그쪽에 약간의 문제가 발생한 모양입니다. 왕릉을 돌아보시고 혹시 지겨우시면 저기 입구 가게에서 소주나 한잔하고 계십시오. 곧 돌아오겠습니다. 아참…!"

그는 황급하게 돌아서려다 말고 안주머니에서 하얀 편지 봉투를 내밀고는 곧바로 숲길로 되돌아갔다.

그가 사라진 숲길은 그 소나무 둥치들이 수없이 얽히고 얽혀 마치 이승과 저승의 갈림길 같았다. 꿈이 아닐까? 간혹 너무 생생한 꿈을 꾸었을 때 장자의 '나비 꿈'처럼 꿈과 생시를 구분하기 어렵듯 혼란스러웠다. 나는 그 자리에서 뭔가에 홀린 듯 그저 멍하니 그가 사라진 숲길을 바라보고 있었다. 그때 숲에서 한 무리의 아이들이 뛰쳐나와 무덤 쪽 잔디밭을 뒹굴었다.

필시 연이에게 무슨 일이 있는 것 같았다. 왠지 편지 봉투를 바로 뜯어 볼 수가 없어 기행 자료집을 더듬었다. 자료집에는 이미 왕릉을 다녀간 몇몇 시인들의 시도 실려 있었으나 문장 따라 눈길만 흘러갈 뿐 연이에 대한 걱정을 밀어내지는 못했다. 문득 조금 전 그가 읊었음직한 시구詩句에 눈길이 멎었다. '숭시버러라, 그리운 여자들….' 그가 굳이 자료와 편지를 함께 전해주는 까닭이 있을 것 같았다. 나는 정말 숭스러운 마음으로 편지 봉투를 뜯었다. 연이의 글씨였다.

— 중국의 어느 부족에선 아직도 결혼하기 전 신께 몸을 바치는 의식이 있답니다. 신이 없고, 그래서 신화가 없는 이 시대에 결혼과 상관없이 자신이 가장 소중하게 생각하는 것을 바친다는 것은 고귀한 일이 아닐까요? 세상에 그 누구보다 사랑하는 선생님과 결혼할 수 없는 것이 현실이라면 저는 제 처녀를 선생님께 바치고 결혼하고 싶었습니다. 물론 이것이 선생님과의 사랑을 마감하는 일이었기에 가슴 아프지만, 그렇지 않고서는 결혼을 한다 해도 그 남자를 진심으로 사랑할 수 없을 것 같았습니다. 그런데 결과적으로 그 일은 결행에 옮기지 못했습니다. 그것은 제 스스로가 관습이라는 벽을 넘을 만큼의 용기가 없어서였습니다. 몇 번이고 당신께 편지를 썼다가 찢어버렸습니다. 지난 시절 당신에게 그랬던 것처럼 저는 제 뜻을 바로 전달할 수 없었습니다. 만의 하나 당신의 그 호의에 누를 끼치지 않을까 염려해서입니다. 그러다 결국 결혼했습니다. 하지만 당신에 대한 나의 사랑은 결혼을 한 뒤에도 여전했습니다. 그것은 아마 죽을 때까지도 변하지 않을 것입니다. 그리고 다시 세월이 흘렀습니다. 여고 시절처럼 당신의 사랑은 하나의 관

념으로 남아 있었습니다. 그 관념은 때때로 나의 크나큰 괴로움이었습니다. 당연히 남편과의 사랑은 온전할 수가 없었습니다. 남편 쪽에서 먼저 물어왔습니다. 저는 남편에게 모든 것을 솔직하게 털어놓았습니다. 그것은 남편의 사랑에 대한 믿음 때문이었습니다. 물론 이 일을 남편이 순순히 받아들인 것은 아니었습니다. 그렇다고 지금의 제 남편을 진심으로 사랑하지 않은 건 아닙니다. 문제는 지금의 제 남편을 진정으로 사랑하듯 여전히 당신을 사랑하는 마음은 조금도 변하지 않았다는 것입니다.

나는 편지를 접고서 무덤 옆에 누웠다. 가슴이 심하게 울렁거리기 시작했다. 편지를 읽고 있을 동안 저만치서 놀고 있던 아이들의 소리가 또렷이 다가왔다.

"우리 집에 왜 왔니, 왜 왔니
꽃 찾으러 왔도다, 왔도다
무슨 꽃을 찾겠니, 찾겠니…"

어린 시절에 계집아이들과 손을 잡고 놀면서 부르던 노래였다. 아직도 저런 놀이를 하는구나 싶어 반가움에 아이들을 살폈다. 아이들은 이제 다른 놀이를 하고 있었다. 내가 잘못 들은 것일까? 그런데 내 아랫도리는 아까 버스에서처럼 빳빳하게 솟아 있었다. 난 다시 아이들 놀이 속에 있는 처용무를 본 것이었다. 일어나 앉았다. 파란 하늘엔 구름 한 점 없었다.

딱 한 번 본 처용무의 공연이었는데 그렇듯 생생하게 재생될 수는 없었다. 액을 몰아낸다는 춤인데 내게는 어째서 아랫도리를 자극하는지 알 수 없었다. 고대 신라의 춤이 천년이라는 세월에도 사라지지 않고 내 선잠에까지 재생되는 그 생명력의 원인은 무엇일까?

나는 다시 누웠다. 경주의 가을 하늘은 정말 맑았다. 그때 아차, 하는 생각이 스쳐갔다.

그러고 보니 그 처용무의 처용탈이 연이 남편의 인상과 많이 닮았다는 사실을 알았다. 그를 만나는 순간부터 가졌던 그 낯익음이 바로 처용이었던 것이다. 어쩌면 그와 나는 지금 꽃 찾기 놀이를 벌이고 있는 것이 아닐까? 연이의 편지는 그것을 증명했다. 그렇다면 그가 다시 내 앞에 나타났을 때 나는 연이 꽃을 찾으러 왔다고 대답을 할 수 있을까? 그녀의 편지를 읽을 때부터 뛰기 시작하던 가슴이 아직도 뛰고 있었다. 아, 연이…. 나는 연이의 사랑 속에서 내 사랑을 확인할 수 있었다.

내 마음속에서 그녀의 사랑을 확인한 것은 그녀가 여고에 갓 입학한 오월 어느 화창한 날이었다. 산중턱에 자리잡은 비탈진

학교 길을 오르면서 왠지 발걸음이 가볍게 느껴졌다. 그것은 아마도 에스 자 모양로 굽이진 길옆으로 길게 늘어선 철그물 담장에 갓 피어난 줄장미와 그 꽃들이 이고 있는 눈부시도록 푸르른 하늘 때문이었을 것이다. 늘 출근하는 길이었지만 그날만큼 아름답게 느낀 적은 없었다. 그때 갑자기 그녀의 얼굴이 떠올랐고 잊고 있었던 간밤에 꾼 그녀에 대한 꿈이 이어서 떠올랐다.

간밤에 그녀의 꿈을 꾼 것은 특별한 편지 때문이었다. 물론 그녀로부터 그 전에도 여러 번 편지를 받았으나 그날의 편지는 조금 뜻밖이었다. 공책 열 장 분량의 길이도 길이였지만 종이에 쓰인 모든 글자가 나를 향한 열정으로 가득 차 있었다. 그 열정은 선생님에 대한 존경의 선을 넘은 사랑의 표출이었다.

그래서였을까? 그날 밤 나는 그녀에 대한 꿈을 꾸었다. 무슨 꿈을 꾸었는지는 생각이 잘 나지 않았다. 꿈을 꾸었다는 것은 그때 그녀의 얼굴이 떠오르면서 그 꿈이 생각났기 때문이었다. 게다가 등교하는 여학생들의 해맑은 웃음에 까닭없이 마음이 설레고 있었다. 그때의 내 감정을 뭐라 할까? 가슴 한쪽 저 깊은 곳에 아직 아무도 침범하지 못한 그 깊은 곳에서 지릿하게 아려오는 아련한 그리움이었다고나 할까? 그러나 나는 그것이 사랑인 줄은 알지 못했다. 설사 그것이 사랑이라 한대도 그녀로 인한 것이라고는 생각할 수 없었다. 아무리 많은 여학생 제자들이 편지를 보내고 선물을 들고 찾아왔어도 꿈을 꾸거나 출근길에 아무 이유 없이 얼굴이 떠올라 꿈을 되새기는 일은 없었다. 그리고 지금에서야 말이지만, 그날 그 장미꽃과 함께 문득 떠올랐던 그녀의 얼굴은 이 세상에서 내가 보아온 가장 아름다운 모습이었다.

그녀의 편지는 그 뒤로도 계속되었다. 때로는 몇 날 며칠 밤을 꼬박 밝히면서 나를 위해 만들었다는 테이프를 보내 오기도 했다. 언제부턴가 나도 그녀에게 꼬박 답장을 썼고, 편지 속에는 사랑의 감정이 은근히 스며 있었다.

그 무렵 친구 여럿과 남해 금산에 갔다가 나는 그것을 확인했다.

안개 자욱한 보리암 근처를 서성이다가 문득 그녀의 얼굴이 떠올랐다. 다소 뜻밖이라 생각했다. 산을 내려오는 중에도 그녀의 생각은 떠나지 않았다. 이상했다. 아내나 한참 재롱을 피우는 딸아이 대신에 그녀의 얼굴이 자꾸만 떠오른다는 것은 정말 이상했다. 나는 그것이 진정한 사랑이란 것을 깨달았지만, 스승이 감히 어린 제자를 사랑한다는 것은 부끄러운 일이기에 그런 나를 스스로 나무랄 수밖에 없었다. 그때 나를 위안할 수 있는 유일한 것은 꿈이었다. 그래, 사람은 누구나 꿈꿀 수 있는 자유가 있지 않는가? 산을 내려와 물푸레나무 근처에서 쉬고 있을 때도 그녀 생각이 났다. 아니, 그녀 생각은 남해 여행 내내 따라다녔다. 돌아오는 뱃전에서도 그녀 생각은 배멀미보다 심하게

요동쳤다. 견딜 수 없었다.

어쩌면 그녀 또한 나에 대해 그렇게 안타까워했을지도 모른다. 그러한 우리의 안타까운 사랑은 그녀가 대학생이 된 뒤에도 계속되었다. 때때로 우리는 한적한 암자를 찾아 그 허전함을 달래고는 했다. 우리는 단 한 번 입맞춤을 했다. 그것은 순전히 밝은 보름달 때문이었다. 암자에서 내려오는 길이었는데 소나무 사이로 둥근 보름달이 보였다. 그때 우리는 거의 동시에 소리를 질렀다. 그러면서 그녀는 나를 보았고, 나는 그녀를 보았다. 달 아래 그녀의 얼굴은 눈부셨다. 아니, 그녀의 눈에서 달보다 더 맑은 눈물이 또르르 굴러 내렸다. 그녀는 내 가슴에 얼굴을 묻었고, 나는 그녀의 얼굴을 두 손으로 받쳐 입을 맞추었다. 황홀한 그 순간에도 그녀의 눈에서는 계속해서 눈물이 흘러내렸다.

그가 저만큼 소나무 숲길을 걸어오고 있었다. 나는 그저 물끄러미 바라보고만 있었다. 걸어오는 그의 어깨가 왠지 힘이 없어 보였다. 연이를 뒤에 감춘 채 '우리 집에 왜 왔니, 왜 왔니' 하며 다가오는 것 같았다. 나는 그가 가까이 다가올 때까지 그냥 그렇게 앉아 있었다.

"아이고, 여태 여기 계셨습니까? 꿈이라도 꾸신 것 같습니다."

그는 멍한 내 표정에 미안한 듯 옆에 앉았다.

"연이는 어떻게 됐습니까?"

나는 너무도 자연스럽게 튀어나오는 그 말에 스스로 놀라고 있었다. 나의 대답은 곧 '연이 꽃을 찾겠다'는 분명한 의사표시였다.

"일행은 시간이 늦어 바로 처용암으로 갔습니다. 연이 씨도 준비할 것이 좀 있어서…."

우리는 정말 꽃 찾기 놀이를 하는 것일까? 그도 당연한 듯이 말했다. 그러나 우리의 그러한 대화는 아직도 전혀 진전을 이루지 못하고 있었다. 분위기가 다시금 어색해지기 시작했다. 가만히 보니 내 행동만 주뼛거리는 것이 아니라 그의 행동도 뭔가 자연스럽지 못했다. 어쩌면 나나 그나 여유를 부리는 것이 위장의 몸짓일지도 모른다는 생각이 들었다. 나는 그것을 확인하고 싶었다. 마침 그도 놀고 있는 아이들 쪽을 바라보고 있었다.

"꽃 찾기 놀이를 하더군요. 우리 어릴 땐 여자애들하고 많이도 했었는데, 요즈음도 그런 놀이를 하는 아이들이 있다는 게 신기하군요."

"원시 모계사회부터 내려오는 짝짓기 놀이의 잔형이지요. 지금의 사회가 신명을 잃어버린 것은 저런 놀이가 계승 발전하지 못하기 때문이라 생각합니다. 원시의 춤은 결코 사료집에나 있는 것이 아니라 우리의 핏속에 살아 있습니다. 그런데, 연이 씨는 정말 아름다운 꽃이죠?"

뜻밖에 그는 내 질문의 의도를 바로 간파하고 있었다. 그렇다면 애초 처용 기행은 나와 연이를 위한 예정된 각본일지도 몰랐다.

"그렇지요. 보기 드문…."

나는 당돌하게 되돌아온 질문에도 제법 뻔뻔해져 있었다. 그러나 제아무리 내가 뻔뻔해졌다고는 하나 그에게 아내를 내놓으라는 놀이는 껄끄럽지 않을 수 없었다.

"좋은 것일수록 나눠 갖는 것이 미풍양속이 아니겠습니까? 더구나 아름다운 꽃이라면 자연 상태에서 감상해야지, 꺾어서 자신만이 소유한다면 자연법칙을 거스르는 것이지요."

그가 말하는 꽃은 두말할 것 없이 연이를 의미했지만, 나는 그 꽃을 찾겠노라고 감히 말할 수 없었다. 자연의 법칙…. 그래, 자연스럽게 연이를 만나 그녀의 아름다움에 젖어 지난날의 회포를 풀 수 있다면 내가 굳이 회피할 이유가 없었다. 최소한 꽃찾기 놀이에서 그는 나보다 훨씬 적극적인 것만은 분명했다. 물론 그가 도대체 무엇 때문에 자신의 아내를 사랑했던 사람과 만나게 하려는지 알 수 없었다. 연이의 뜻이 그렇고, 자신도 그 점에 이해하는 마음을 가지고 있다면 차라리 모르는 척 눈감고 있는 편이 훨씬 설득력이 있지 않을까? 그렇기 때문에 그의 행동이 점차 노골화될수록 나는 그 어떤 의도가 궁금해지기 시작했다.

어쩌면 처용과 관련이 있을지 모른다는 생각에 지금껏 그가 내게 말한 내용과 내가 알고 있는 처용에 관한 지식을 모두 동원해봤지만 그의 의도를 정확히 알 수가 없었다. 아니면 그들 부부 사이에 무슨 문제가 있는 것일까? 그것 역시 아직 연이를 만나지 않는 상황에서 내가 알 수 없는 부분이었다.

아무튼 연이도 그녀의 남편도 석연치 않은 구석이 너무 많았고, 나는 그저 포로병처럼 그가 하자는 대로 따를 수밖에 없었다. 갑갑하고 어색한 시간만 흐르고 있었다.

우리는 경주로 다시 와서 간단한 점심을 들고 울산으로 향했다. 그는 여전히 차를 천천히 몰았고 여유를 부리고 있었다. 그렇지만 그는 분명 그 어떤 결정적 시간을 기다리고 있는 것 같았고, 나 역시 그 갑갑한 시간을 이겨 내는 데 한계가 있었다. 차가 토함산 고갯길을 벗어나자 그 어색한 분위기도 막바지로 치닫고 있었다.

"아까 흥덕왕의 수절과 처용 이야기의 성적 자유는 다른 문제라고 했는데… 난 아무래도 두 설화의 연관성을 이해할 수 없습니다."

나는 더 이상 견딜 수 없었다.

"사랑이죠. 순도 백 퍼센트의 사랑 말입니다."

"순도 백 퍼센트?"

"수절이니, 불륜이니 하는 수식을 빼버리면 그냥 사랑입니다. 우리 인간의 역사에 사랑만큼 관념의 장식을 많이 한 것도 없습니다. 오히려 그 관념의 장식들이 사랑을 왜곡하고 오염시켜 왔습니다. 사랑이란 관념 이전의 느낌이 아닙니까? 아까 선생님께서 말씀하신 꽃 찾기 놀이처럼 말입니다. 저는 그런 장식이 없는 감정을 소중하게 생각합니다."

하기야 감정을 말한다면 시인이나 소설가만큼 소중하게 여기는 사람들이 있을까? 하지만 그의 말대로라면 나는 분명 감정보다 관념의 찌꺼기로 오염된 사람이었다. 어쩌면 연이의 편지나 그의 말은 그러한 나의 판단을 재촉하는 것인지 몰랐다.

"그러고 보니 처용이란 인물이 꽤 매력적이란 생각이 듭니다."

나는 그의 말에 고무되어 처용과 닮은 그의 인상에 대해 말하고 싶었으나 너무 속내를 보이는 것 같아서 말길을 우회했다.

"처용의 아내와 잠자리를 같이한 외간 사내를 동해의 용왕이니, 역신疫神이니 하면서 실재 인물이 아닌 허구적 인물로만 파악하려는 시각은 문제가 있습니다."

"처용이 아내의 불륜을 보고 한가하게 노래를 부른다는 것은 사실로 인정하기가 어렵지 않겠습니까?"

나의 뻔한 질문은 그의 견해에 반발이 아니라 오히려 확인하기 위함이었다.

"에스키모 사람들은 귀한 손님이 오면 자신의 아내와 잠자리를 권합니다. 처용 시대는 모계사회의 도덕관이 많이 남아 있었습니다. 아시다시피 모계사회란 성의 완전한 자유를 의미하지 않습니까? 물론 자신의 눈앞에서 벌어지는 그러한 풍경에 기분이 좋을 리는 없었겠지요. 그래서 처용은 합리적 방법으로 그 남자와 아내를 설득하게 됩니다. 그것이 처용가입니다. 처용가가 당시 세인들에게 유행이 된 것은 바로 빼앗긴 사랑을 멋있게 되찾는 그 재치가 사람들에게 인기를 얻었다고 할까요. 사랑의 쟁탈전은 모계사회라 해서 예외는 아니었으니까요. 하다못해 동물의 세계에서도 수컷들이 하는 일이라곤 암컷에게 인기를 얻는 것이 아닙니까? 그것은 바로 살아 숨 쉬는 모든 생물체의 본능에 해당하는 것이고 관념 이전의 순수의 사랑이죠. 어떻게 보면 가장 고등동물이라는 인간에게 있어서 성 부분만은 진보가 아니라 퇴보했다고 볼 수 있습니다. '사랑'이라는 고상한 말로 치장을 했을 뿐이지 법과 관습으로 그 성적 자유를 구속해 왔기 때문입니다. 그것은 자연스러움에 반하는 것입니다. 먹는 것을 한두 가지로 국한시킨다면 인간의 삶은 얼마나 왜소해지겠습니까? 성욕 역시 한 남자와 한 여자만으로 제한하는 것은 마찬가지가 아니겠습니까?"

그는 마치 준비된 원고를 읽어가듯이 술술 풀어냈다. 이제 그의 의도는 분명해졌다. 처용 기행에 나를 초대한 것도, 시간을 보내기 위해 굳이 그 많은 신라의 왕릉 가운데 하필 흥덕왕릉을

간 것도, 그 소나무들처럼 나와 연이의 관계를 맺게 하려는 치밀한 장치일 거라는 생각이 들었다. 그래서 그는 그 상황을 노래와 춤으로 이겨 내려는 것이리라….

기분이 묘했다. 정말 살아 있는 처용과 같은 차를 타고 그의 아내와 사랑을 나누러 가고 있는 듯한 착각에 빠지는 것 같았다. 그 착각은 참으로 황홀했다. 아니, 부끄러웠다. 어쩌면 그 부끄러움 때문에 더욱 황홀했는지 모른다. 가슴이 마냥 뛰고 있었다. 나는 벌겋게 달아오르는 내 얼굴을 감출 수 없었다.

그 사이 승용차는 감은사지를 지나 동해가 보이는 대왕암 앞 바다까지 다다랐다. 동해를 끼고 한 오 분 달렸을까. 그는 바닷가 한 카페 앞에 차를 멈추었다.

"조금 쉬었다 가지요."

이것이 만약 그가 꾸민 각본이라면 그는 정말 훌륭한 연출가였다. 설사 그것이 그들의 의식이라고 해도 나로서는 이미 헤어날 수 없었다.

"선생님을 너무 오래 기다리시게 한 것 같습니다."

드디어 그가 내 빈틈을 확인한 것 같았다. 나는 아무 대답을 할 수가 없었다. '그러니 알아서 하라'였다. 그 결정적 시간에 다다른 이상 더 이상의 위장은 무의미했다.

"저, 청량암이라고 아시죠?"

올 것이 오고야 말았다. 모든 것은 분명해졌다. 그들은 처용의 의식을 베풀고 있는 것이었다.

"연이 씨는 지금 거기서 선생님을 기다리고 있습니다."

그제는 놀랄 일도 부끄러워할 일도 없었다. 다만 그것이 의식이라면 그 절묘한 장치에 기가 막힐 뿐이었다. 하지만 그 상황에서 내가 뱉을 수 있는 언어는 없었다.

"사실 오늘까지도 저는 많이 고민을 했습니다. 제아무리 처용에 남다른 이해가 있다고 하나 막상 그 일을 목전에 두고선 여간 망설여지지 않았습니다. 처음 늦게 오시는 선생님을 기다릴 때도 그랬고, 아까 전화 받고 일행이 있는 곳으로 갔을 때도 그랬습니다. 하지만 역시 잘했다는 느낌이 듭니다. 저희들은 사랑을 확인하고 결혼을 했지만 온전하지 못했습니다. 그 사이에 선생님이 있다는 것을 알았습니다. 그렇다고 선생님을 원망할 마음은 애초부터 없었습니다. 저는 다만 선생님께서 저나 연이 씨의 뜻을 오해하지 않았으면 합니다. 오늘의 일은 그러한 저의 충정으로 이해해주셨으면 합니다."

나는 저 밑바닥에서부터 끓어오르는 진한 감동에 사로잡혀 있었다. 그는 완전한 처용의 모습이었다. 아니, 처용무의 실체를 보고 있었다.

"울산 처용암에서 제가 맡은 프로그램도 있고 하니 저는 여기서 일어서겠습니다."

그는 정중하게 인사까지 하고는 나갔지만, 나는 세상에서 가장 아름다운 그 춤의 감동으로 정말 뒤통수를 한 대 얻어맞은 사람처럼 멍하니 앉아 있었다. 그가 떠난 뒤에도 그의 감동적인 말은 여전히 내 귓전을 울리고 있었다.

— 사랑은 나눈다고 해서 결코 소비되고 마모되는 것이 아니라 나눌수록 커지고 온전해지는 것입니다. 연이 씨는 분명 아름다운 꽃이고, 그러기에 선생님의 꽃일 수도, 저의 꽃일 수도 있는 자연의 꽃입니다. 처용의 춤은 바로 그것을 일깨워주는 것이지요.

나는 청량암으로 바로 갈 수 없었다. 어두워질 때까지 대왕암이 보이는 바닷가에서 여전히 그 감동 속에 있었다. 처용의 고향인 바다는 사랑이라는 낱말 하나로만 출렁이고 있었다. 그때 보름달이 떠올랐다. 연이의 얼굴이었다.

연이는, 내 귀여운 연이는 서리처럼 푸르른 달빛이 쏴아 하니 부는 솔바람과 같이 문창을 타고 흘러 들어오는 그 청량암에서, 멀리서 달빛을 밟으며 다가오는 내 발소리를 기다리며 달빛과도 같은 눈물을 흘리고 있지 않을까?

나는 더 이상 지체할 수가 없었다. 일어나 택시를 잡아타고 청량암으로 달려갔다.

달빛이 너무 좋았다. 청량암 오릿길은 달빛이 아니어도 좋았다. 달빛보다 더 청결한 그녀가 오로지 나를 위해 기다리고 있을 길을 간다는 그 길의 감동을 가능한 대로 연장하고 싶었다. 물론 그것은 내가 감히 꿈꿀 수 없는 그녀와의 사랑 장면이었고, 그것이 현실화되었다는 것이 한동안 믿을 수가 없었다. 사실 감동은 연이 남편이 보여준 그 너그러움과 친절을 넘어선, 아니 그의 말대로라면 일체의 관념의 찌꺼기가 스며들지 않은 순도 백 퍼센트의 사랑에 대한 경이로움이었다. 그 순수를 위해 나는 신발을 벗어들고 맨발로 걸었다.

그녀와의 마지막 밤, 그때도 지금처럼 낙엽이 떨어져 쌓이는 늦은 가을이었다. 그저 공허만이 가득했던 마지막 밤을 보내고 내려오던 길, 그녀는 끝내 그 공복을 견디지 못했는지 업어달라고 했다. 그녀는 내 등에서 어린아이처럼 노래를 불렀다. 그게 처용의 노래였을까?

저만큼 청량암의 불빛이 다가왔다. 바람이 등 뒤에서 나를 스쳐 앞으로 갔다. 정말 어디선가 춤과 함께 어우러진 처용의 노랫가락이 들리는 것 같았다. 그것은 처용의 너그러움과 슬기에 대한 무한한 존경과 찬양의 노래였다. 비록 가락은 소멸되었지만, 정신은 춤으로 산화되어 천년이 넘은 세월로 이어지고 있는 것이었다.

아, 아비의 모습이여, 처용아비의 모습이여

머리에 가득 꽂은 꽃이 무거워 기울어진 머리

아, 수명이 장수할 넓으신 이마

산 모양 비슷한 긴 눈썹

사랑하는 사람을 바라보는 듯한 너그러운 눈

바람 잔뜩 불어 우글어진 귀

복사꽃같이 붉은 얼굴

…

동경 밝은 달 아래 밤새도록 노닐다가

들어와 내 자리 보니 가랑이가 넷이로구나

아, 둘은 내 것이데 둘은 뉘 것이뇨

이럴 적에 처용아비만 본다면

열병신[大神]이야 횟감이로다

천금을 주랴 처용아비야

칠보를 주랴 처용아비야 ::

사과꽃 향기는 바람에 날리고

초판 발행 | 2022년 12월 10일 발행

지은이 | 박명호
펴낸이 | 배재경
펴낸곳 | 도서출판 작가마을
주소 | 부산광역시 중구 대청로 141번길 15-1 대륙빌딩 301호
전화 | (051) 248-4145, 2598
팩스 | (051) 248-0723
이메일 | seepoet@hanmail.net
등록번호 | 제 2002-000012호
편집디자인 | 홍영사

ISBN 979-11-5606-208-0 03810
값 14,000원

• 이 책은 2022년 부산광역시, 부산문화재단 지역문화예술특성화지원 '부산문화예술지원사업'으로 지원을 받았습니다.